たん・たんか・たん

はしがき

あなたにとって、「初めて詠んだ短歌」はいつのことだったでしょうか。日本人であれば一度は経験しているであろう短歌作り。私も約二〇年前の中学時代、林間学校で非常におぼこい短歌を作った記憶があります。当時から文章を書くのは好きだったのですが、「うわぁ、詩や短歌は向いていないな、今後作るまい」と淡く思いました。ところが時は流れて二〇一六年末、青土社Kさんから「歌集を作りませんか」と企画を提示されました。元をただせばその数ヶ月前、『ユリイカ』八月号の短歌特集での依頼に応じ、次の五首を寄稿したのがはじまりです。

パサついた昨日のパンに噛りつく再燃涙に珈琲まずい
雨受けて川面に雫さんざめく合羽のフードが音響装置
米散った深夜のキッチン立ち尽くす五合分増す疲れに沈み

チッという音の棘だけ抜けなくて舌打ち女性を枕に浮かべ
水色のシャツ真ん中に堂々とトマトの色染み好奇の踏切

その時の私は自分の公式ＨＰのｍｅｍｏに、次のようなことを書いていました。

引き続いている書き物の方では、7月27日発売の『ユリイカ』の短歌特集号に、私の短歌が五首載っております。実はとある件から、短歌には個人的な苦手意識があったのですが、このご依頼を逃すと『ユリイカ』に載せて頂けることはもうないかも……と考え、思い切ってお引き受けしました。

普段、多くの人の目に触れる場に立つことのある職業柄、「誤解が発生しないよう滑らかに整えること」「歯に絹着せることも一種の礼儀」と、自身が迂闊な表現をしないよう常々注意を払っております。しかし、短歌の魅力はこの対岸にあると言えます。

まずは短歌集を何冊か読み返し、あとは実践あるのみと思いつくまま百首ほど作って練習。古典の美しい自然描写などにも憧れつつ、現代のものは「ドキッとさせる引っ掛かり」がないとのっぺりしてしまい、言葉が裸でないと面白くないように感じました。〈限られた文字数の中、エクスキューズを欲して逃げ回るコトバ達を、なるべく自然体のまま捕獲する。〉妙な言い方ですが、こんな実感をしながら言葉の輪郭を凝視、自分の気持ちに混ざり物がないか撫で回して確認。そうしていつもなら〝棘〟を見つければそれを即排除するか、ヤスリでまあるくなるまで削るのですが、その棘を大事に取り出して材料として投入。なんとか五首を捻出致しました。

……と、こんな風に多数の言葉を用いないと自分の思うところを表現できない、短歌から距離のある私でしたが、中学校の林間学校以来の短歌作りはおぼつかない自分の足取り含め、夢中になれる楽しい時間でした。頭のストレッチにもよいのかリフレッシュ効果も感じましたので、皆さんも夏の暑さのこもった脳内の窓を解放する気分で、一首、気ままに作ってみてはいかがでしょうか？

こんな風に取り組んだのですね。

プロの歌集も読み勉強し、一生懸命作りましたが、個人的には他の寄稿者の方々の歌より自分のものは平坦で特色が薄いなと感じました。「読者として『ユリイカ』に載ってみたくてやってはみたけど、やっぱり向いてないなぁ」と痛感していたのです。それなのでご依頼には、まず「なぜ私に？」と驚き、依頼をありがたいと感じると同時に「困ったことになった」という気持ちでした。

しかし少々思い当たる節もあり。

やったことのないものに参加するにあたって、自主勉強として歌集を何冊か読み、〝下手な鉄砲数撃ちゃあたる〞方式で、二週間で思いつくまま一〇〇首以上作成。そのうち「マシかな」と思える一〇首をお送りし、五首選んでいただいたという経緯でした。その時に「練習ドリルをこなすつもりで一〇〇首作ってみました。考える作業は大変面白かったです」と書き添えたのが原因となったような……。

確かに、短歌を考える作業は楽しかったのです。

三十一文字に言葉を削ぎ落とす作業は脳のストレッチのようであり、自分の〝真意〟がわかっていないとできません。嘘のことというか、虚像でもいいのかもしれませんが、私が普段依頼されて書くエッセイは「正直」な「等身大」であることが重要で、小説のような創作は最も遠い作業に思えたのです。

本当のことを短く、要領を得て表現するのがいかに難しいかは、誰でも共感していただけるでしょう。これを私の頭は「これは大変！　でも楽しいなぁ」と感じたのです。それをつい素直に書いてしまったのですが、「下手な鉄砲」の外れた弾数は黙っておけばよかった、と内心の弱気な私は少し後悔。しかしもう一方で、三〇代を迎えて掲げた「請われたらやってみよう」の標語を背負った私は、早速さらなる関連本を購入、帳面に短歌らしき文字群を綴りはじめました。

芝居でも、自分で「よし」と思ったものは存外凡庸に終わり、違和感と格闘したり、多くの苦労をした末のもののほうが高評価を得る、ということはよくあります。

もう若くない年齢ですが、未熟・未経験という意味で「若い時の苦労は買ってでもしろ」の意気。そして、かの有名な山本五十六氏の「やってみせ、言って聞かせて、させてみて、褒めてやらねば、人は動かじ」「やっている、姿を感謝で見守って、信頼せねば、人は実らず」。短歌調のこれらの言葉も参考にし、まず自分にやらせて、褒めるべき時は褒め、信頼してまかせて、短歌の実りを収穫していこうと思います。

未知への出発。さてはて、どうなるでしょうか。

二〇一六年　大晦日に除夜の鐘を遠く聞きながら

追記

趣味が読書なので、読んだ本からの発想も多くありました。そこでそんな短歌たちには[1]、[2]と番号を付して、影響を受けた本を註の形で章ごとに挙げてあります。併せて楽しんでいただければ幸いです。

ちいさきものたちよ

掌にアボカドの種転がしてやわらげ心臓滑らかに

猫柳蕾を集めたポケットに手を入れ柔さと冬を味わう

ポケットに隠し持ってたロッカクナット硬さと角張り見倣いたくて

掌《たなごころ》　清流受ける細《さざ》れ石「あ、雨の匂いだ！」ってまんまやないか　1

カシメダマロックカクレンチゴスンクギ抽出しごとに名前を振って

石鹸の香りが清潔主張して気まずく残る爪の土くれ

度を越して懐いた猫のすりよりか晴れた窓辺のペン先と影

慰めの風ぬるく頬をなで去って奥歯に噛んだティッシュの甘み

[2]

掘り出した木工室の釘穴の消しゴムカスをまた押し込んで

飽きがきて「古い」と棄てたあのときの玩具をまた拾い撫でて褒賞

またたびに悶える猫の有様を内に秘めたる靴屋の中で

③

おはようの代わりに少し尾を絡め君と私は会わない明日

とんがった刃物のように切立って得意満面単子葉類

玄関前主《あるじ》のようなアロエベラうすらでかくてもう誰も見ない

ひょっこりと浜辺の残骸紛れ込み漂流物《ながれもの》気取る夏蜜柑の群れ

④

親しげなアスファルトの香り頬寄せて仰向く蝉の脚40度

群れて散りまた群泳し転回すメダカの水槽煮立つ鍋の具

するすると逃げさるトカゲ行かないで温い縁石一緒に座ろう

ぴゅうと降る声に驚き外に出て染まる朝焼けヤモリのなる木

皺々の足で必死にバイバイをしながら去ってく鸚鵡のオウちゃん

ねぇちょっといくらなんでもコビトカバ文鎮みたいにツルツルの

虫潰し蛇をつついて鳥払うこんな成りして哺乳類とは

5

鼻筋を横断していく雨筋を眺むるアロワナ髭をふるって

沼津港深海水族館にて

紅白の海老がツリーによじ登り今年最初のメリークリスマス

こっそりとあなたにだけは云っておくモンハナシャコの脚は虫っぽい

大海の記憶に鰓が半開き古代生物チョコを土産に

6

1 『俳句　四合目からの出発』阿部筲人著、講談社学術文庫

2 『五色の舟』近藤ようこ（漫画）／津原泰水（原作）、KADOKAWA

3 『伊藤潤二の猫日記　よん&むー』伊藤潤二著、講談社

4 『体は全部知っている』吉本ばなな著、文藝春秋

5 『蜂工場』イアン・バンクス著／野村芳夫訳、Pヴァイン

6 『ソロモンの指環　動物行動学入門』コンラート・ローレンツ著／日高敏隆訳、早川書房

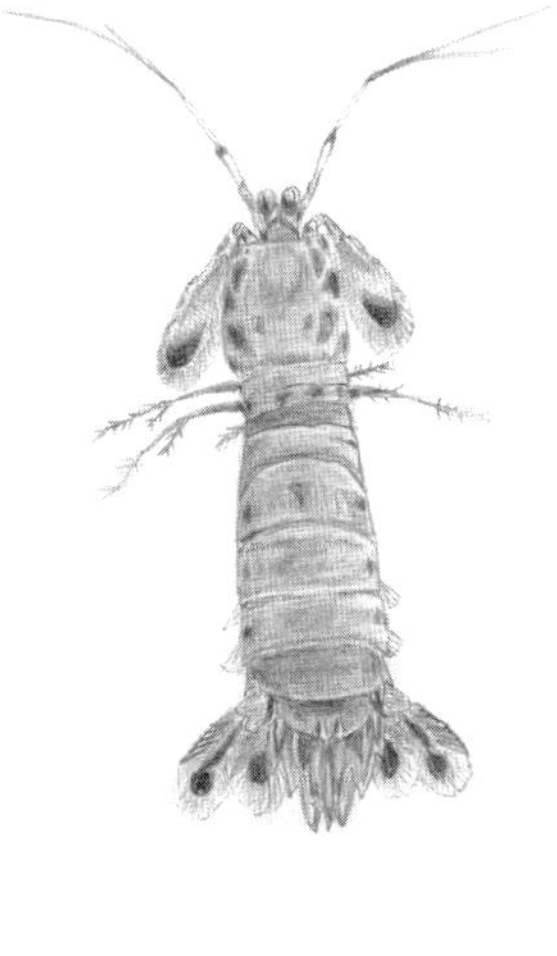

一年詠って

二〇一七年一二月某日。今年の仕事納めまであと数時間を切ったNHK大河ドラマの撮影中。待ち時間が長いとわかっていたので、珍しく楽屋にPCを持ち込み、着物に鬘という扮装で提出する短歌を仕上げ、担当のKさんに送信した。

作歌しはじめて一年が経過。

「年内に三〇〇首詠んでお送りする」という目標を達成し、思った通りに進行できてホッとしつつ、一年作歌してもあまり変わりがないことに不安を抱いている現在。その上で、「でも、これでいいはずだ」という大きな納得の思いも芽吹いている。

プロの歌集を何冊か読むうち、「変わらないこと」は歌にとって嘆くことではないとわかった。本音の自分を探り当てられた時こそ至宝というか、歌風という「顔」は一つのほうがいいのだ。そして長年かけて自然と変わっていくことはあっても、無理に変えるものではない。否、本音であれば変えられないはずなのだ。この理屈までは腑に落ちている。

しかし、さらにもう一人の、役者である私は「本音をしたためた短歌三〇〇首が、未発表で手元にある」、このことにそわそわしている。元来日記などを避けてきて、一人語りをあまりしない。そして人と話す時は、なるべくオープンに、素直・率直に、というのを心がけている。普段やっている私の仕事は〝明け透け〟であることを望まれやすいので、無意識にそこに照準があるのかもしれない。

「役を演じる」というのが役者業の本質だが、出演作品の宣伝など、プライベートの本音部分を聞かれることは多い。大好きな執筆関係の仕事も同じだ。エッセイでも書評でも、役者である私の視点が好まれる。当然プロの作家ではないし、執筆依頼はあくまで本業・役者である私にきているのだから、三〇過ぎの女性目線だけでは価値がない。

自分が商品になるというのは、そういうことなのだ（ここに息苦しさを感じて休業したこともあったが、今は十分に納得して面白さも感じている）。

ところが作歌は、自分の成分をこっそりぐつぐつと煮詰めて、そこに浮いてきた結晶をそっと掬い取る作業だ。使い古された表現であり、作歌する人には当たり前のことなのだろうが、外側から見て知ったつもりになるのと、内側に入って徐々に心と頭へ染み渡るように知っていくのは、本当に違う。さらには発表までのタイムラグがあったり、人前には出さないこともあるのだ。常に依頼をもとに行い、仕上がれば受け皿と共に表に出る私の仕事と、正反対と言ってもいい。

でもどうだろう。私のように自分が素材となる仕事は稀で、日常生活は本音を隠しながら運行していくのが一般的なのではないか。つまり「未発表の自分の結晶を、幾つも抱えている」この状態は、多くの人々の日常生活と変わらないのではないか。自分のしている仕事の性質を、思わぬところで噛みしめることになった。

「自分を材料にする」ということは、作歌・芝居・執筆全てに共通する。その上ですぐに表に出す、出さないという違いがある。芝居、執筆で美味しく召し上がっていただくための工夫〝熱々〟（時代性、目新しさ、多くの人に親切な内容）より、〝日持ち〟（普遍性や不変性、誤魔化さない本音）が大事。散歩の帰り道でこれに気がついた時、どうりで今まで培ってきた調理法では、歯が立たないわけだなぁと天を仰いだ。

でも、それが楽しい。日持ちする方法、コンテンツとして長く愛される方法は、役者業にとってもよい勉強になる。一〇〇〇年以上前の調理でも、深い共感や驚きと共に味の薄まらない短歌もある。せめて数十年後でも、食べられるようにしたい。

少しだけ知りはじめた短歌の世界。普段求められる要素とは対照的ともいえる、「作歌」の密やかさ。二年目はどうなるだろうか。

この街、この風景

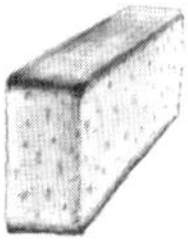

春が来て温もり匂い立つものは良い香悪い香どちらも嬉し

春雨に体のどこも痛みなく9羽の鳥が置き去りにして

[1]

日陰には冬の残りがカラカラと日向にじんわり春が伸びして

咲きかけたミモザの枝に招かれて暫し独占桜の懐

倒された自転車ひょいと抱き起こし商店街に花と消えゆく

春風に縋り付いてくスチロール静電気とはもう終わったのよ

雑居ビルカウンター席7階の奥まで雨が世界を誘いに

暴れ出す雨音に負けぬ笑い声ひとつ傘の下むち足三対

空梅雨の渋谷の空におめでたく造花の百合のピンク色浮く

賑やかな緑の中で耳澄ますさわさわくすくす青あお山やま

風の丘名前通りの風圧で影の形も削がれ遠のく

2

ヘッドホン転がり外れ鳴り響くトッカータとフーガ昼下がりのバス

コンクリに血の通うごとく根を張った蔦の足跡冷たい古壁

切り分けて遠慮で残ったカステラの風情にも似た長屋の名残

しな垂れて呼ばれ振り向く夕闇に蘇鉄食い込む傾いだ空き家

3

太陽の匂いって結局なんなのか少し古くてほんのり清潔

初めての街角で夕陽懐かしむこの成分はどこ由来かね

4

夕立に抱きすくめられて浸りきり諦め可笑しさ滴る家路

傷付いたガラス越しに見る蛍光灯明滅しては何かを忘れて

連れているペットの顔で覚えてるマンションの住人ここは東京

お見舞いに何が欲しいと訊かれたら5丁目のあの螺旋階段

案外と嫌いではない排気ガス寒さと漂うこの時期だけは

足重い悪路の帰路で灰色の雪が気さくに肩乗り「おつかれ」

白映えの寒風満月赤鼻を啜りて尚も上機嫌

夕暮れに居残る十二の丸い影ミッキーらしき雪だるま三つ

冷えてゆく帰り道に割り込んだ誰かの朗読オッベルと象

5

1『夜に啼く鳥は』千早茜著、KADOKAWA
2『遠野物語』柳田国男著、新潮文庫
3『田中一村作品集［増補改訂版］』大矢鞆音（監修）／NHK出版（編集）、NHK出版
4『0から学ぶ「日本史」講義　古代篇』出口治明著、文藝春秋
5『オツベルと象／虔十公園林（ますむらひろし版宮沢賢治童話集）』宮沢賢治（原作）／ますむらひろし（作画）、三起商行

怪しく踊る歌

私は期日があったほうが助かる人間だ。

というのは、だらしないからでなく、これまで筆の遅さで〆切を破ったことはない。厳密に白状すれば、急性胃腸炎や撮影スケジュールのあり得ない大改変に振り回された時など、自助努力ではどうにもならない条件下で二〇代前半に三度ほどあった。しかしそれも経験を重ねれば、体調管理は社会人の仕事の一つであり、急遽のトラブルも原稿を早め早めに上げておくことで回避ができるとわかる。

二〇代後半からは、依頼を受けてから〆切日までの期間を半分折り、つまり〆切が一ヶ月後なら一五日後に「自分〆切」を設定している。そうすれば、役者業が過密日程でもかなり早く仕上げられ、空いた日程に入ってきた次の執筆依頼も受けることができる。繁忙期を自分で選べない職業柄、連載群はもっと早く、先方の了承を得て三ヶ月分以上の原稿を送ることもある。

と、月並みな三〇代らしく自己管理はしているが、日本人らしく自由度の高い状況ではぼんやりしてしまう。「どうぞご自分にとって都合のいいペースで進めてください」と言われると、ありがたいと思うと同時に茫漠とした時間の前で立ち尽くしてしまう。「歌集を作りましょう」「質にこだわって、時間は気にせずに」という、まさに自由度の高い今の状況で、慣れない作歌を続けられるのだろうか。

そこでまず自主的に設けたのが期日だ。

毎月末に五〇首、という提出スタイル。多い時は一〇〇首以上送り、撮影に集中したい月はなしなど調整しつつ、一七年一―五月で二八二首と、なかなかいいペースだった。この間にも連続ドラマ二本と計五時間分の単発ドラマを撮影。忙しくても大丈夫そうだと、少し安心感を得た。

しかし本格的な夏と共に、一四年のキャリアでも経験のない多忙の大波にさらわれた。稽古期間含めほぼ三ヶ月間にわたる舞台と、連続ドラマ二本の撮影が交錯。執筆も三つの連載群に加え、新聞の短期連載と小説の解説二件、文芸誌からの依頼も二件。トータル二万字だ。執筆は京都その他舞台公演先への移動中にこなし、八月半ばから一〇月半ばまで、実質休日ゼロだった。

仕事好きとしてはありがたいが、流石にちょっと働き過ぎた。繁忙期を走り抜けた一一月、別のストレス（家庭内のものじゃありませんよ）もあって、右頭頂部の髪が薄くなってしまったのだ。

結論。禿げるほど忙しいと、私には作歌は無理。

「瓶にさす藤の花ぶさみじかければたたみの上にとどかざりけり」など、病床でも歌を詠み続けたという正岡子規は凄い。しかし健康体の私にとって、ある程度のゆとりは大事なようだ。「大変な時にこそ出てくる歌もあるのでは」と期待したが、根が楽天家のせいか、それは甘過ぎる見通しだった。

もう一つ、気づいたことがある。

もともと記憶力は悪くないほうで、自分の書いた原稿群がいつのものか、どんな内容かは大体覚えている。それが短歌の場合、もっと強く記憶と結びついているようなのだ。どの場所で、どの時間帯に、何を想いながら綴っていたか。どこで迷ったか、どの語句に満足したか、この歌を作りながら次に思いついた歌はこれだ……など。自分でもぎょっとするくらい詳細に覚えている。普通の文章とは全く生成工程が違う、そのことによってこの差が生じているようだ。

数ヶ月前の短歌を読み返して、数ヶ月前の自分を知る。自分のつけてきた足跡だが、ベテラン猟師が獣の足跡をみて、「こいつは腹が減って気が立っている」「こちらの追跡に気がついている。賢いやつだ」など、詳細に解説しているような、妙な気分だ。

短歌に慣れない自分の千鳥足の跡は、踊りのステップのようであった。気負って踏み込み過ぎてこけたり、意味もなく楽しくなってぐるぐる回ったり、以前うまく歌に落とし込めなかった単語に執着して戻ってきたり。怪しいステップは続いていく。

さて、私はどこに行こうとしているのだろう。

日々はめぐる

むっちりとヒトも花も膨らんだまんじゅうのような蒸したての朝

何しようなんにもせずともいいのよね朝食だって林檎とグミだけ

虹の輪がゆれる窓際心地よくお出かけ気分の炭酸日和

1

レース越しの陽だまりのなか伸びをして窓の向こうは繁殖期の歌

ざぶざぶと洗う風呂場の音に添う庭師の刻む正午のリズム

家を出るドアノブ回し鍵はポストもう戻らない家を出たのだ

行こうかね今日はこっちかわかったよ老犬導き冒険続く

忘れ物ありませんかと訊かれたしわざと一つは置いていこうか

真剣な西日の熱で温もったボケた頭で世界平和を

掃いて散り寄せて集めてまた落ちてからから落ち葉に困ったふり

気の利いた甘い言葉を吐きながらチリ紙ひとつもゴミ箱入らず

一枚が黒ずんで見え日付伏せレシートの山へ過去を放って

慣れない作業は大体こんな終焉。この時は焼売作り

コツを得たところで作業終了しべとべとの指宙を掻きたり

あまりにも長きにわたり座して待ち臀部の割れ目なくなるほどに

2

三日分溜まり溜まった自己憐憫そんなの誰も食べやしないよ

そんなこと考えてるとやってくる鼻腔にそっと線香の匂い

③

包み込む白い沈黙ひんやりとも少しこのまま米びつの安寧

独りきり月夜の晩を好み砥ぐ夜伽のごとき包丁砥ぎ

灰汁掬いすっきりするのよ本当よ干支二周りの先輩曰く

ぼんやりと饂飩の汁が滲みゆくのを見送りわざと拭き取らぬまま

食堂のもう片付いたテーブルの正方形を拭う巡礼

すっぴんで休み貪る大の字で貝殻柄の変なズボンで

④

床に伏す全身ピンクのテロリスト声明文はおかしをみっちゅ

今年ってなにがあったかぼんやりとするくらいにはのどかな師走

亡霊のごとく背骨をしならせてボタン全てを切除したシャツ

午前四時ハガキ二枚が旅に出る知ってる場所と知らない場所へ

5

背伸びせず食う寝るところに住むところそんな暮らしを栞のように

6

1 『オッス！トン子ちゃん』タナカカツキ著、ポプラ社
2 『センセイの鞄』川上弘美（原作）／谷口ジロー（作画）、双葉社
3 『山怪　山人が語る不思議な話』田中康弘著、山と渓谷社
4 *Encyclopedia of Marine Bivalves*, Alain Robin, IKAN Unterwasser-Archiv.
5 『こんにちは　おてがみです』中川李枝子・山脇百合子／佐々木マキ／スズキコージ他著、福音館書店
6 『富士日記』武田百合子著、中公文庫
『帰ってきた日々ごはん』高山なおみ著、アノニマ・スタジオ

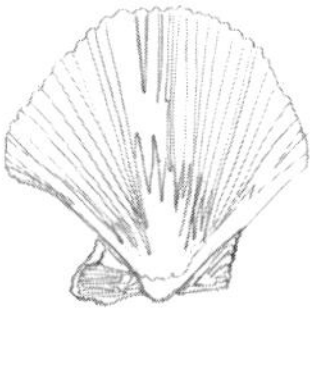

短歌の不思議　五月の発見

「でき上がった短歌が、ある程度の数溜まったらお送りする→編集のKさんがそこから歌を選び、改良の余地のありそうなものと併せ、それぞれの歌へ感想をお送りくださる→その感想と自分の気づき、プロの歌集を読み勉強し、次の歌を作る」……という寸法で進んできた、これまでの短歌作り。提出毎にKさんからご感想をいただくたび、毎回、これはどういうわけかなぁと不思議なことがある。

平均して五〇首ほどで送り、前提として「作歌については完全に素人なので、絶対に甘い査定はなさらないでください」とお願いしてある。具体的には、三〇〇首作った時点で、要改訂も含む掲載予定歌は一〇八首。打率三割超えなので、素人としては満足している折り返し地点だ。そして、不思議がっているのはその選ばれた一〇八首について。これが、ほぼ一〇〇%私のお気に入りのものなのだ。

作歌作業についての気づきや、アドバイスがいただきたい場合文章をつけて送ったりするが、作った歌そのものについては勿論ノーコメントで提出する。作った私とは違った〝編集業の眼〟で選んでいただくのが目的なのだから、自分の密かなお気に入りの歌たちは選ばれないだろう……。そう思っていたのが覆り、むしろ確率的におかしなほど、一〇八首は私のお気に入りだ。

自分で作ったからといって、当然全ての歌を気に入っているわけではない。初心者であることと下手であることは、あまりに大前提なので忘れることにしているが、その中でも出来・不出来はある。しかし、上手くできたものや好きなものだけ送っていたのでは、埒があかない。仕事については「未踏の地には一〇〇〇本ノック」、という標語で取り組むのが常なので、未経験の作歌作業では捕球ミスも多くあるのが自然。提出前に読み直して「うっ」と冷や汗をかいても、これが今の実力と格好つけずにお送りする。

そんな中で、「始末が悪いな」「中身がないな」「あまりにも朴訥」、などというネガティブな印象の上に、「でもなんだか好きだなぁ」

と思っていた歌たちが選ばれている。そのことが不思議でならない。

私の短歌を見て「歌集を作りませんか」と声を掛けてくださったのだから、好みが似ていることは不思議ではないのかもしれない。しかし、好みが似ているというより、歌の文字ではない部分を解き明かされ、同じ解に辿り着いているような。それぞれの歌の、隙間や後ろや足元にある、「非言語的なもの」を介して、奇跡的に会話が通じたような気持ちになるのだ。

しかし、思い返してみると、実は本業ではいつも感じていることと同じだと気づいた。

まずは芝居というものにおける、〝台詞〟の大事さ。これを理解しはじめた時に強烈に感じるのが、「非言語化された情報の強さ」だ。台詞にはない部分、その人物がその台詞を言う前の過程や、言った後の未来。そして言わなかった言葉や、言えなかった言葉。言葉にできずに持て余している感情や、もっと曖昧な空気、等々。これらを与えられた台詞でもって、どこまで多様に、深く、想像させることができるか……。

最近はそんなことを考え、作品毎、役毎にチャレンジしている。「非言語化された情報」の構築は、とても難しいけれど、とてつもなく楽しい。どの程度できたか、答えは全て作品をご鑑賞くださった方々の胸の内にあり、私にはわからない。それでも、いつも夢中になって取り組んでいる。

これは、全く作歌と同じではないか。

「限られた言葉で、自分の思うところを読み手に伝えるもの」、というイメージで、三一音に意味を込めることに一生懸命になっていた。それが本当は、言葉の余白部分、言葉の延長上や振り返った後ろ側が「最も強い情報」で、使用する言葉や選び抜いた表現は〝指標〟の役割。そこから読み手が耳を澄まし、遥か先を眺め、心の中の思い出に触れる……。そこで漸く、歌が完成するのではないか。

これに気づいた時、「あー!」と間抜けな、大きな声が漏れた。

大親友であった人物と、永い時を経て全く思いがけない場所で再会し、他人の空似だと思ったら本人だったような驚き。いや、芝居も作歌も同じ時間軸で取り組んでいるのだから、このたとえでは変か。逆に、同時進行でこんなにも似た作業を行っているのに、どうして気づかなかったのか。

二〇一八年五月某日昼過ぎ。自室である畳の部屋で、座椅子にもたれながら、ぬるくなったカフェラテを飲んでいた時の出来事、いや、ちょっとした事件だった。

この気づきにより、一つの納得と、一つの恐怖が私のお腹に舞い降りた。

「納得」は、自分のお気に入りの歌がなぜかことごとく選ばれた、その理由。同じ指標を辿れば必ずと言っていいほど、同じ結論に至るのが短歌だ。地図のようなもので、到着地点の風景を気に入るかどうかはさておき、地図としての良し悪しは決まっている。辿りつけずに迷子になるもの、意図的に惑わされるものにも大きな魅力はあるが、今の私のような初心者の段階で狙ってはダメだ。「エンディングの意味は観客の皆さんに委ねます」、という決着点の作品には佳作も多いが、その裏で死屍累々と超駄作が大量に突っ伏していることも忘れてはならない。
そう、「恐怖」はこの点だ。駄作は駄作、誤魔化しようがない。映画でもドラマでも、大作では描かれる要素の数が多い分、まだ言い訳が効く。逆に、尺が短ければ短いほど、言い訳はできなくなる。三一音は戦慄するに値する短さだ。どれだけ風流にたっぷり詠んでも一〇秒、流暢に詠めば五秒だ。五〇分や九〇分の作品に慣れた人間が、太刀打ちできるのだろうか……。

作歌作業は「とても難しく、とても楽しい！　……でも、とても怖い」と感じていた自分の感覚の根拠が、やっと明らかになった。しかし、鼻息を感じるほど近い背後に迫ってくる目に見えぬ怪物が、「とんでもない怪物だ」とはっきり知覚できたところで恐怖は変わらない。いや、増したのだろうか。この一五年、撮影現場や舞台でもよく顔を合わせているはずなのに、やっぱり全然知らない、未知の生き物のように感じる。この自分の感覚の変動が、一番厄介ということか。

正体不明に膨張する感情には、名前をつけるとひとまず落ち着く。この原理を応用して、怪物に愛称をつけてやることにした。平凡の意味の坦々と、短歌の短を重ねた意味で「タンタン」とする。

暗殺者にも親友にもなりそうなタンタンであるが、姿は見えどもすでに一年半の仲だ。これまでの記録（没含む三〇〇首と選ばれた一〇八首）を見比べ、好物を把握して餌付け的に手懐けたいと思う。どれ、仲良くなれるだろうか。

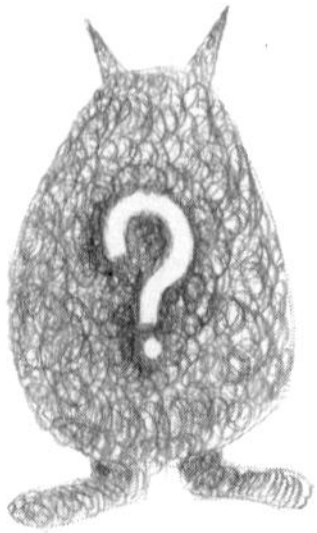

たべものに捧ぐ

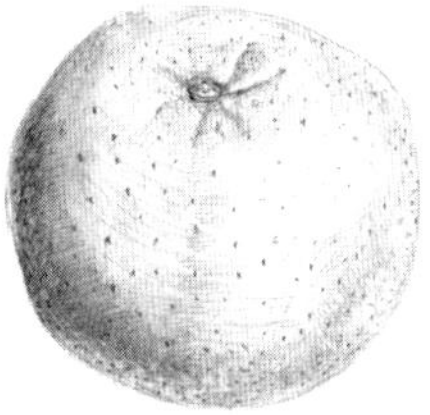

朝日透く薄切り羊羹飲みくだし暗い胃袋ぐうと鳴く

3月のグレープフルーツ薄皮をつるりと脱いであの娘に似てる

朝焼けに菜の花和えて苺詰め旧友の待つ桜の上へ

口萓に化学香料広がりて春一番の桜フレーバー

収穫を終えたる土のほこほこと探れば新ジャガ一個、二個三個

掌の試食の岩海苔舞い上がり春の旋毛が笑声散らして

さっぱりと誰とも会わぬ五月晴れカップ焼きそばにこってりダイブ

シャキシャキと紫蘇に茗荷に新生姜叩くまな板立ちのぼる夏　[1]

くたびれて突っ伏す食卓頬冷えて青い土竜が縦列駐車　[2]

酷暑でも火炎沸騰立ち向かい末永き愛2分で茹だる

気詰まりな会話のために差し出した細くて長いミントチョコ

争いの腰を折るべく口内のキャラメル四角を丸く溶かして

華やいだ忙しい流れに眉潜めなおも詰め込む駅前プチシュー

酷い目に遭ってやり返したい気持ちでも、これ一口でまぁいいやとなる性格

ぶつけたい痛ましくって不穏なの喰むビスケットにサクッとおちる

身代わりに丸い林檎が砕けます消せない痼りをこの身に宿して

蛍光の色を目で吸うビタミン群炭酸水で割られ暴れて
③

託された剥き身の貝を検分し君達の期待汲んで一口

駅弁といえば尻尾を挟まれてドアの付近でしゃがみ喰むもの
④

よじ登り戦利品たる枇杷の実を子供時代の夫と分けて

隊列を組んで構える兵隊のごとく並んだ栗の渋皮煮

福寿草書けば尊い名前かなそれからあれね福神漬けも

京都にて

鴨川でパンに食いつき旧友と仕事や家庭をちぎっては投げ

出町ふたばさんへ

早朝の出張先で恭し初めて食べるかの豆大福

何度でも曇ったレンズを見せてくる初の眼鏡の初冬うどん

十年もお世話になったうどん屋の読み方違って星降る頭

鉄壁を誇りし我が腑しょんぼりと胃液出ぬほど後悔しみて

5

1 『わたしのごちそう365　レシピとよぶほどのものでもない』寿木けい著、セブン&アイ出版

2 『モグラ博士のモグラの話』川田伸一郎著、岩波ジュニア新書

3 『めしにしましょう』小林銅蟲著、講談社

4 『こんとあき』林明子著、福音館書店

5 『赤い薔薇ソースの伝説』ラウラ・エスキヴェル著／西村英一郎訳、世界文化社

タンタンの好物

好奇心／面白いと思ったもの／想像のできない先／真面目に頑張っている人／祖父母との思い出／仲良くなかったけど妙に記憶にある級友たち／一人で眺めた景色／食べ物／台所での作業／真面目ぶっていたのが砕けた瞬間／金物／古いものにある物語／日常での発見／生物の観察／夫との生活／誰にも言わずにポケットにいれていた〝アレ〟や〝コレ〟／本……

私と共に短歌街道を歩む怪物「タンタン」は、相当な楽天家であるようだ。基本的にポジティブな「短歌の素」が好物である。タンタンが機嫌良く食べてくれると、いくつか短歌ができ上がる仕組みになっている。

プロの方々の名短歌を拝読すると、ずしっとくるもの、胸が痛くなるものが少なくない。映画でもコメディやアクションが娯楽作と呼ばれ、史実物や人間ドラマは名作扱いになるのと似たようなことか。でもどんなに憧れ、腕まくりしてトライしてみても、私からこういう歌は出てこないと感じる。そんな現在である。

自分の作りたい方向と、実際にできる方向が違うというのは、制作において当たり前の展開だ。多くの人がそこで苦しんでいる。しかし三一音だとつい、「思いが高まればできるのではないか」「あの歌の影響をうまく自分に落とし込めば」「この経験は使える！」など、ちょっとだけ夢見てしまう。それで高揚して短歌の「素」をタンタンの口元に運ぶが、ペシッと払われてしまうか、無理やり食べさせた後にタンタンの具合が悪くなる。酷い時は一ヶ月丸々、短歌の素を食べなくなってしまった。当然、短歌も仕上がらない。やはり子供の頃から変わらず好きなものや、本当に心から感じたことを与えていくしかないのだ。フィクションを主な住まいとしている役者にとって、タンタンの審査は大変厳しい。

タンタンに好物を食べさせ続けながら、もう一点見えてきたことがある。

　サクッとした歯ごたえで、現在の時代性そのものを掬い取れていない分、一〇年後くらいでもまだ古くならない。何度も繰り返し味わえるような、滋味深い名歌ではないが、パッと見六五点くらいで、すぐにあっさりと忘れられ、一年後に見てもまた六五点くらいに感じる。読者と何らかの境遇や要素が通じた場合には、一瞬きらっと八〇点に輝くこともある……。


　これだ。この感じは私のエッセイにも同じことが言える。専業作家ではない分の持ち味を考えると、こんなところなのだ。歯ごたえとか、気分の良さとか。他の方々が真似しにくいところがあるとすれば唯一、芝居に関する面だけだろう。

　だったらもっと芝居のことを短歌に、と思うのだが、これをやると変な感じになる。

　別の誰かを演じている最中の〝私〟を、今の〝私〟が思い返しトレースして素材とし、短歌の中の〝私〟に使おうとすると、三人分の私になってしまう。同じ人物故に、劇中劇中劇のようなことになるのだ。ややこしく注釈が必要で、うっかりするとやり過ぎて仰々しくまずくなる。もっとシンプルにできないものかと一年半やってきたが、どうにもダメである。そもそも、現実の立場と全く関係なく、短歌内でシングルマザーを演じたり、大事な人を亡くしたという仮想世界を詠ったりする方もいらっしゃるのだ。なぜ、演じるプロであるはずの私ができないのか。書評やエッセイを書くのが大好きでも、小説を書こうと思わないのと一緒か。意外とノンフィクション体質なのか。演じるというフィクションを含み過ぎて、このあたりの素材に関してタンタンは常に満腹なのか。うーむ……。

悩みながらふとタンタンを見ると、何を悩んでいるのだという能天気な顔でこちらを見ている。もしかしたら、重なっているように見えた三つのループは単純な一本のロープであり、できないと思い込んでいるだけのかもしれない。

もしできた時は、タンタンの一番の好物は「芝居にまつわる短歌の素」になると思う。私が芝居大好き人間だからだ。

まぼろしを詠む

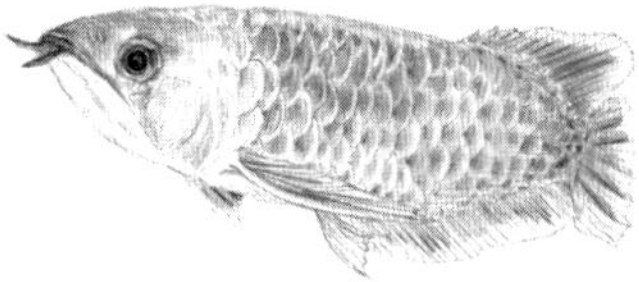

共に見たインターフォン越しの人影あなたの目には一人多くて

こんにちはお宅のご主人留守ですか玄関越しにインコ答える

謎めいた八年前のメモ帳のＵＲＬはただの菓子屋で

波線が興奮伝える走り書きググればそこは乾物屋さん

赤キャップ英字の黒T長靴の開店間際の寿司屋の大将

バイカーの荷からするりとあらバナナ落としましたよああ行っちゃった

助っ人に入る女生徒頬赤く視線と照れと戦う純真

吹き溜まり日常茶飯と花びらとリカちゃん片腕ハローともげて

遠雷の昔話に頷いてゆるみた桜の後ろの人影

1

雷鳴と鼓動のように軋み鳴くワイパーの音だけ車内に響き

②

夜更けて住宅街に姿なく薔薇の香りが右頬叩く

葉が呻きおいでおいでと蝉叫ぶ行ってはならない三角の影

日焼けした若い素肌の首筋が木陰のスマホで羅生門覗く

約束を口で溶かして忘れゆくあの子の部屋には綿ぼこぼこり

いつかまた帰るあの子の家として黒池湛える慕情のお寺

③

トンネルが吸い込み異界数秒間じっと咀嚼し現世に戻す

④

海岸線十トントラック巻き上げるふっこうふっこう目指した埃

古都の道迷子になったかすら知れぬ熟れた吐息に足を捕られて

⑤

網目越しボツワナの空に楊枝挿し降りしきるなり黄金の砂塵

回文短歌1

飛び飛びと子猫・猫・猫飛び飛びと　綿縞猫も捏ねましたわ

その2

馬刺し鯖　旨い父舞う　〆の飯　素で下戸の〆は飯の焦げです

泊まる家主選びは慎重にムーミン谷ならトゥーリッキさんで　6

伊豆河津のかっぱの寺　栖足寺にて

むっこれは八年ぶりに貰ったぞ河童が投げた大吉ひとつ

金色の丸いの一枚くださいな馴染みの龍がぺろりと寄越す　7

板チョコと干しイチジクのおやつにて16匹の竜を救って

8

本を読む人の気配が恋しくて楽屋に浮かぶ瞼の図書館

9

1 『猿丸と人麻呂　天才歌人を抹殺した闇の真相』中村真弓著、幻冬舎

2 『停電の夜に』ジュンパ・ラヒリ著／小川高義訳、新潮社

3 『のんのんばあとオレ（水木しげる漫画大全集）』水木しげる著、講談社

4 『ケルトの精霊物語』ボブ・カラン（文）／アンドルー・ウィットソン（絵）／萩野弘巳訳、青土社

5 『対岸のヴェネツィア』内田洋子著、集英社

6 「ムーミン童話全集」トーベ・ヤンソン著／下村隆一他訳、講談社

7 『九井諒子作品集 竜のかわいい七つの子』九井諒子著、エンターブレイン

8 『エルマーと16ぴきのりゅう（世界傑作童話シリーズ）』ルース・スタイルス・ガネット（文）／ルース・クリスマン・ガネット（絵）／わたなべしげお訳／子どもの本研究会（編集）、福音館書店

9 『わたしの名前は「本」』ジョン・アガード（作）／ニール・パーカー（画）／金原瑞人訳、フィルムアート社

真四角の五ヶ月間

タンタンが停止した。

生き物として扱ってきたイマジナリーフレンドのようなタンタンだったが、まさかの、「短歌システム」だったのだ。面白いものを観たり読んだり、新しいことを経験したりして、起動ボタンを何度も押してみたが無反応であった。冷たく、シンとして、四角くなっている。

さてこれは困ったことになりました。

想像の存在なので、「タンタンが死んだ」ほうがまだ救いがあった。気まぐれに生き返ることもあるだろうし、〝タンタン2〟とか

〝ダンタンβ〟とか〝コタンタン〟とか、次世代の発現もあるだろう。

しかしシステムはそうはいかない。手順を守らねば、再起動もしない。根本からリセットするにはオーバーホールが必要だ。時間がかかる。または開けてみてエンジニアに「これはダメですね、諦めてください」と言われかねない。


なぜそうなったかというと、二〇一八年六月の中旬、私の体調に著しい変化があった。

入院や手術を必要とするものではなかったが、医学・理学の博士である夫は「専門外の科目だが毒でも盛られたようだ」と私を酷く心配し、専門医も「こんなのは見たことがない」と即座に強い点滴三種を打ち、処方薬も副作用覚悟で強いものを受け取った。炎症が酷かったため、病院に行く前夜は悪寒で震えが止まらなくなる経験もしたが、こちらは重度の火傷をした時などになるのだと看護師さんから聞いた。私の素人目からでも「あ、これは仕事辞めないといけないかも」と感じたほどだった。

幸い応急処置はうまくいったものの、完全復活までは、後遺症的なものにも悩まされた。特に役者の仕事に影響の出易い部分だったので、リハビリ部分含めて各分野のプロにお世話になりながら、細心の注意を払って、鞄には強い薬を御守り代わりに持つ毎日。

「私生活や体調に何があっても、仕事には影響を出さない」ということには自信があり、実際周囲の助けもあってご迷惑をかけることはなかった。しかし、笑顔の裏で注意を払いどこか緊張を保っているので、どうしても心が削れていく。

何かを見て面白がるための窓には遮光カーテンがかけられ、楽しい思い出のつまった押し入れは立て付けが悪く開かずの間となり、嗅覚を失った食事のように味気ない日々だった。期間でいえば二ヶ月ほどだが、そのあとも疲労感が残ったように思う。また、回復の自覚を待っていたようにありがたく忙しくなり、あわや一ヶ月四作品という状況下、健康体でも余裕はない日程に吸い込まれた。

作歌から遠ざかっていた期間、色々なことを考えた。どう表現しても浅い感慨になってしまい申し訳ないのだが、病床で短歌を作り続けた正岡子規は、本当にすごかったのだなぁと改めてシンプルに思った。しかし子規も、病床に倒れてすぐに作歌できたかどうかわからない、数ヶ月書けないことも当然あったんじゃないかな。

健康を損ねる前はこんなこと考えなかったな、とお風呂でぼけっとしていたら、ぴぽぱぽぴと、かすかな起動音が聞こえてきた。待ち遠しかったタンタンが起きた、いやシステムがエラーを起こさず再起動した。やった！　逃してなるものかと、お風呂を出て、濡れた髪にタオルを巻いたまま、素材メモ片手にPC前に正座した（気になった言葉や、見て心に残った出来事、胸を突かれたニュースなどの単語を書いておいた素材メモ、取っておいてよかった）。

かくして二〇一八年一一月某日夜、再び素材をタンタンの口に運ぶ時間が始まった。メンテナンスが効いたのか、ハイスピードで素材を入力し、短歌を作り出していくタンタン。

驚くほど早い！

が、雑だ！

粗製乱造！

久しぶり感が満載で、ちまちまカスタマイズしてきたはずの部分も初期化されているような、これは、ちょっと拙《まず》いのでは……。
いやいや、いいんだ。数ヶ月前も今もド素人だ。試運転のテストプリントも頭数に入れて進もう。

結局、一ヶ月ちょっとで一三一首を提出し、二年で五三一首を作った計算になる。また、下手を怖がらず慣らし運転をバンバンやったことで、早くも勘が戻った（気がする）。よかった。これでまた、他の方の歌集を勉強して作歌する元の作業に戻り、少しずつやっていこう。
短歌が作れるということは、健康であるということ。もしくは不健康だったり何かの欠如が発生しても、それらが身に降りかかった「出来事」でなく、血肉となって「経験値」に昇華した証拠なのかもしれない。

ごシチごシチシチ崩すそのはずがごろんと魚肉ソーセージだけ

歯を立てたそばから崩れるような粗製乱造歌も困るが、練りに練っても思うような逸品にはならない。しかし悪いかというと、そんなことない。我が家では魚肉ソーセージは常備品で日常のお供。常温保存可能な、そんな短歌もよいかもしれない。

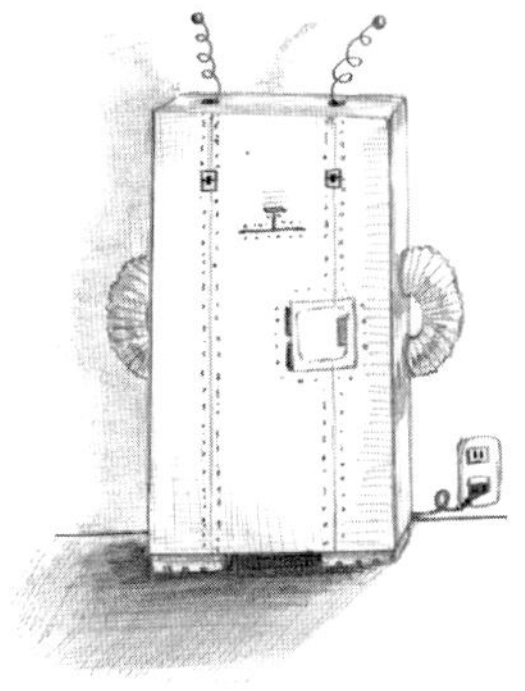

いくつもの〈あなた〉に

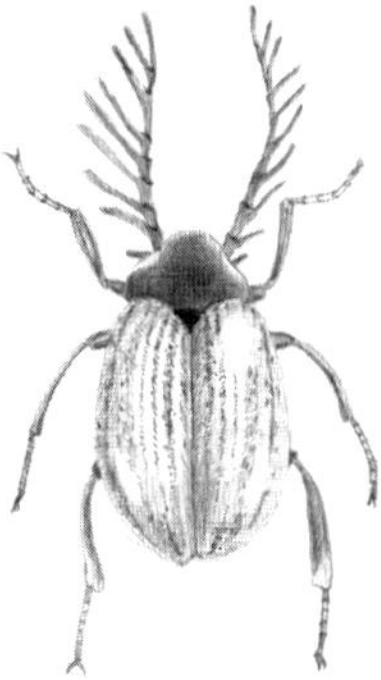

どのコマで吹き出したのか教えてよ二十離れた友との漫画

1

窓からの風でナンニモ聞こえないそれでも楽しい君との会話

直したいでも私のすることじゃない折れ曲がる襟と友の恋心

2

トメハネのしっかりとした友の文字あの声になりポストに響く

封筒を閉じるテープの長短に覗く人柄この人いいな

増えてゆく輪ゴムをそっと間引きつつまた増やすあなた笑顔で見つめ

金色の夕日に横から射られればあなたの型がすっかりとれる

世界一好みの香りあなたから生物的にも正しい感じ

3

オニヤンマヤゴの抜け殻手に包みこれを「宝」としてくれる貴方へ

4

焼き餅の見栄えのいいのはあなた用雑煮で示す「今年もよろしく」

夫より三歩後ろを行ったのは全体の粗つぶさに見るため [5]

あぶないよなんでそんなとこ立ってるの理系のあなたと文系のわたし

こんなにも夜景が目映く美しい理由は貴方と喧嘩中につき

割れた爪気にするふりで目を伏せてあなたの気配を滑らかに追う

一欠けのおかきを拾い噛んだならさる三日前のしけたけんかで

すれ違う七秒間に全幅の信頼放つ細目の笑顔

再び沼津港深海水族館　その公式キャラクター

幼な子も素通りしてくシーラ爺握手し満面笑む夫である

幾分か早死にをして長生きのあなたと時期を合わせたいもの

坂下りて広がる蓮田を目の前に尊敬していた彼の人の背を

土付きのネギの外皮荒っぽく剥く手の先に祖父が見ている

三分の一世紀だけ飛び越えろ現れなかった兄の言うには

6

本当のことを聞くのは難しい診察台の患者であろうと

ミンザイと言い慣れた口で飲み込んで大事な言葉は白けゆくまま

私にはちっとも欲しくないけどもあんたの大事はとっときなさい

曇天の瞼の重みそのままにゆらりあの世のあなたの元へ

早逝の人の綴った「さよなら」を持て余し私たぶん長生き

7

1 『棒がいっぽん』高野文子著、マガジンハウス

2 『はじめてのひと』谷川史子著、集英社

3 『シンメトリーな男』竹内久美子著、新潮社

4 『昆虫のパンセ』池田清彦著、青土社

5 『西郷どん！』林真理子著、KADOKAWA

6 『テセウスの船』東元俊哉著、講談社

『一九八四年［新訳版］』ジョージ・オーウェル著／高橋和久訳、ハヤカワepi文庫

7 『てんとろり　笹井宏之第二歌集』笹井宏之著、書肆侃侃房

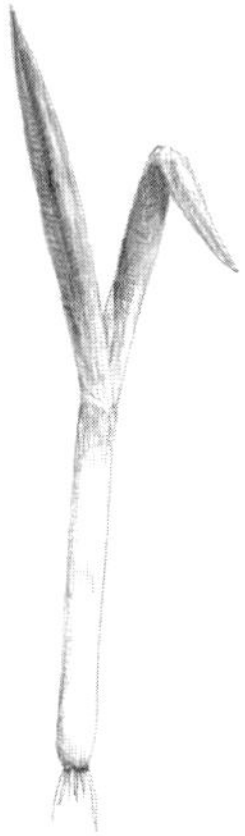

一〇〇までの道のりと、一〇〇を超えた先の違い

「六〇〇」という数字めがけて短歌の提出を続け、ついにそれを突破し六一五まで終えた。掲載予定の歌も二〇〇に届き、微調整が必要な歌もまだあるが、「歌集を作る目的」での作歌は一旦完了した、といっていい。それなのに、まさかこんなことになるとは……。

提出を終えた五月頭の夕方。送信ボタンを押して、私は晴れやかに伸びをした。この二年半で一番気持ちよい伸びだったかもしれない。作歌が大変だったからでなく、その逆だと思う。歌集を作るというお誘いから始まり、チャレンジとしての作歌作業二年五ヶ月(二〇一六年一二月―二〇一九年五月)。その間ずっと悩ましく、唸る日々も固まる数ヶ月もあったが、そんな沈んだ時間含め、ずっと楽

しかった。

そしてなにより、目標を達成するのは晴れがましい。誰に言われたことでもなく、自分で決めた目標を、自分でクリアできた満足感。もう本は出していただかなくてもいいほど、これだけで今までやってきた甲斐を感じていた。

今までの作歌作業を振り返りながら一風呂浴びて、夫に感慨を聞いてもらいながら一緒に美味しいものをゆっくり食べて、この心地よさを胸中で撫で回しながら寝よう。そうして早めにベッドに入った。

ところが。

……五……七、……五……。

ハッとして、反射的に枕元の携帯電話をむんずと掴み、浮かんだ五音や七音の言葉を打ち込んだ。およそ寝落ちていたので、眼も半開きのまま、四首打ち込み、すとんと落ちた。

八時間ぐっすり寝て、起きてから「あれは夢かな」と思って携帯を開くと、きちんと残っている。作歌用のメール下書き、題名「短歌の餡」に、ちゃんと記憶通り四首、終えたはずなのにまた短歌を作っていた。それをＰＣに打ち込みつつミントティーを飲みながら、私の頭にはある言葉が浮かんでいた。

しゅうせい【習性】
（１）動物の行動に現れる、その種に特有な性質。
（２）習慣によって身についた性質。くせ。ならい。
（『大辞林』より）

これの（２）で起きたことだろう。約二年半も作歌していたのだから、不思議ではないよな、うん。……いや、むしろ癖のように作歌してしまうなんて、「アマチュアが歌集なんて恐れ多い」と腰がひけていた二年半前の自分からしたら、なんて好ましい結末だろう。「表に出す以上、お粗末なものはご法度」というポリシーで自分を鼓舞していたのもあり、誰も見ていないのに一丁前の自分に照れ笑いがこぼれた。

しかし作業は終わっている。掲載数も足りている。私はもともと放っておいても詩歌が湧いてくる体質ではない。もう昨夜のようなことはないだろう……。そう考えるとちょっと寂しいが、きっとそういうものだと深く納得して落ち着いた。

ところが翌日以降も、買い物に出かけた先で……

京都で撮影のため新幹線で移動中に……

一人宿泊先のホテルで……

依頼された原稿を書いた後に……作歌が止まらないのである。週間で三〇首近くでき上がり、むしろ今までよりハイペースだ。ここで漸く、もう一つの習性のほうだと気づいた。
（1）動物の行動に現れる、その種に特有な性質。
そうなのだ。提出を終えてのびのびした私の心が、「さてさて、じゃあお楽しみといきますか」と張り切って作歌を始めたのだった。九〇から一〇〇よりも、一〇〇からの一一〇に俄然力がみなぎってしまうタイプ。むしろ一〇〇達成してからの部分こそが、大好物と言っていい。じりじりとした努力？の継続で、いわば「作歌筋」がついたので、そうそう疲れることもなく、少しの無茶をしても危険なく、その上義務は完了しているので思うままに遊べるのである。

自ら進んで、好んで楽しくやっていることでも、まずは目的や目標をきちんと達成し、その後に訪れるさっぱりとした自由時間を何より待ち望んでいた。その自由時間を得ていの一番手を伸ばしたのが、作歌だったのだ。

漫画家の高橋留美子先生が、『めぞん一刻』と『うる星やつら』の同時連載中、片方の漫画を描いて気分転換したくなったらもう片方を……、という塩梅でハイスピードに作画していた超絶エピソードを思い出す。別次元で比べるのも恐れ多いが、作歌作業を終え、得た自由の中で嬉々として始めたのがこれまた作歌作業、というのは、これはもう「短歌を作るのがいよいよ好きになった証拠」だろう（そういえば現在複数紙で受け持っている書評連載も、同じようにジャグリングしている。回すうちに回転が安定し、むしろ弾みがついて別の執筆依頼にも素早く対応できるようになった）。

ずっと興味深く、発見も驚きもあって、飽きないものだった短歌。しかしそれを超えて純粋な「好き」は、エネルギーとして非常にいい。迷いがないし、打算もない。ただ、ただ、下手でも楽しい。嬉しい。面白い。

九〇から一〇〇まではまだ義務の雲の中だが、そこを抜けた一〇〇からの一一〇の先は、破格に爽快な楽しい時間が待っていることを、私は習性として知っている。一〇〇まで乗り越えてきた筋力で、一〇〇を達成した喜びの中、いつやめてもいい自由な行動として、気軽に作歌しよう。もうしばらくタンタンと羽を伸ばそう。

思い出すことなど

入園に卒園入学卒業と写真はいつも沈丁花前

桃の香の消しゴム半分切ってあげ大喜びした大沢くん

目で聞いて真面目に板書を写しても5限目に飛ぶポプラの梢

振り返りホッと一息ついてすぐまた後ろが呼ぶ　先生あのね

どれほどに歩みが遅くなろうともすっくと礼して掲げた帽子

暮れ落ちる冬至四時半正門をひとり真面目に閉めてみたのだ

膝抱え鬼のくるのを待ちながら月桂樹の葉をちぎって香る [1]

満開の木香バラを背景に仏頂面が崩れ泣き出し

バイバイと何度も言っては遠のいて伸びるあの子の影だけ残る

こっそりと夜にうろつく美術室憎く焦がれる彼女のこの絵　②

スカートの裾を握ってペパーミン子俯くたびにきゅっと鳴いてる

退いて襖の隙間刺さる声父母の争い小指が冷える

毎日タキシードを着ていたネコへ

うなされる熱の寝床で木霊するあのこの鳴き声さよならまたね

赤ではなく青い目をしていたウサギへ

亡骸も生前写真も首輪でも泣かなかったのに一粒の糞

ハッとして全力疾走君の情熱三本足の白黒毛玉

成人式は出席せず、高校で三年習ったドイツ語を使うため単独海外へ

成人の日を一人往く北ドイツモインモインと馴れ馴れしげに

陽に灼けた化学繊維の折れる音ぬいぐるみ語る二十五年目

あれほどの出来事でさえ緩解し私の古傷お前は寄るな

3

煩わしいとっくに終わったことなのに歯間の残飯かおまえは

逆剥けの痛みで少し楽になるあのこと考え煮詰まるよりは

割れた窓ほぐれた畳たわむ壁褪せた鮭缶人形抱えて

[4]

古畳替えようとして熟読する生年月日の除湿新聞

鉛筆とみかんの香り混ぜたようなおどうぐばこを持ってたような

そういえば心にずっと残ってたひみつのアッコちゃんリングコンパクト

亡き祖母の入学祝いの鉛筆は特別枠で二十七年生

劣化したアルミニウムの片手鍋祖母の牛乳煮立つことなく

持て余す肉の塊いつまでも噛む祖母よりも生命孕み

1 『いるの　いないの（怪談えほん3）』京極夏彦（作）／町田尚子（絵）／東雅夫（編）、岩崎書店

2 『かくかくしかじか』東村アキコ著、集英社

3 『ミツバチのキス』伊図透著、双葉社

4 『廃墟漂流』小林伸一郎著、マガジンハウス

短歌と釣りの、からだにちょうど合うほどの結果

私の人生は、大変運が良いと我ながら思う。

「芸能事務所所属・無所属不問、演技未経験者もＯＫ」という応募要項のオーディションから、「事務所に所属してはいるが演技未経験」の立場で役者デビューできたことを筆頭に、人生全般ありがたいことが多かった。困ったな、と立ち止まっていると思いがけないところから救いの手が差し伸べられ、何かやろうと決心して歩み出せば不思議なほどタイミング良く渡りに船がやってくる。

しかし、それで快適かというと必ずしもそうではない。

ずっと給料の前借りを繰り返している気分、とでもいうのだろうか。まだ全く役に立っていないのに、先に大きな報酬をいただいているという感覚が抜けず、落ち着かないことも多かった。このまま

ボーッと口を開けて幸運をいただき続けたら精神的な肥満になって、太々しい悪い奴になるんじゃないかと恐ろしかった。

その恐怖を払拭するために、「恵まれ過ぎだな」と感じた時は、もらった恩恵に少しでも相応しくなろうと足掻く。下手でもなんでもいいので諦めず、続ける。ちょっとでも返さねば、返さねば、と犬かきのようにあっぷあっぷの状態で、次の岸になんとか辿り着く。そうするとまた思いもかけない美味しい骨をドドーンともらってしまい、「またもらい過ぎた！」と慌てる……、という繰り返し。

自慢に聞こえるかもしれないが、あくまで「幸運の前借り」と思っている人間には、先に良い思いをし過ぎることは少し怖いのだ。頑張った分だけの結果があることが、もっともな幸せだと感じる。


どうもからだにちょうど合うほど稼いでいるくらい、いいことはありませんな

宮沢賢治の『銀河鉄道の夜』に登場する、鷺や雁を捕まえる〝鳥捕り〟の男性の台詞である。「からだにちょうど合うほど」という

言い回しが宮沢賢治らしく、私もこの精神に憧れている。なので、応分でないものを手にすると、焦ってしまうのだ。

今回の「歌集を作りませんか」というお誘いも、私に応分ではないことは重々承知だった。世には優れた歌人がたくさんいらっしゃって、書籍以外にインターネット上の作品も多く読んだ。発表の場、という意味ではネットが大いに役割を果たしているが、その分「紙に印刷しての書籍発売」は大変贅沢な時代でもある。物として後に残せる形で本を出すという、身に余る光栄。精一杯取り組まねば他の歌人に失礼だと、どこか緊張も続いていた。

それが、「こういうことか」とこわばりが解ける一件があった。二〇一九年初夏。趣味で八年続けている渓流釣りでのこと。少し遠回りになるが、短歌との関係を発見したので書きたいと思う。

私がずっと目標にしていた魚は、「サツキマス」というサケ科の魚だ。「アマゴ」という魚が、一度海へ降りて栄養たっぷりに成長し、産卵のために生まれた川に戻ってきた姿である（これが「ヤマメ」だと「サクラマス」と名前が変わる。川によって住み分けされ、サツキマスのほうが個体数は少ない）。産卵のために戻ってきているので、餌を食べないというのが長らく通説だった。だから釣るどころか、顔を見るのも難しいとされ、その難易度からも渓流釣り師憧れの魚である。現在は遡上してからも餌を食べることが証明されたが、それでも理屈を超えて実際に釣るのは至難の技。針に掛かったとしても、海で鍛え上げた遊泳力は簡単に竿を弓なりにしならせ、頑丈なテグスをこともなく切って逃げていく。

私に釣りを教えた夫は、このサツキマスをほぼ毎シーズン釣り上げる。控えめに言っても釣り歴三〇年の猛者であり、すごい時は一日に二四、サクラマスに至っては七匹上げたこともあり、漁協の人がわざわざ見に来たり、周囲の釣り師が集まってきて教えを請われる腕前だ。その夫から指導を受け、釣果を毎回間近で見ていた私は、いつか自分が釣る日を夢見はじめた。釣り解禁の三―九月までのうち、サツキマスが海から遡上してきて産卵に入るまでの、大体五月下旬から七月下旬頃。仕事のない日の遠征となると、チャンスは年に一、二度が限界だ。さらに梅雨を挟むので、天候条件から川の水量まで加味していくと……。確かな実力だけでなく、運の良さまで必要になってくる。

そんな条件の限られた時間内なので、私の釣竿の糸が切れたり仕掛けが絡んだりすると、即座に夫が「僕がやるから、里江はこっちの竿使ってな」とセッティング済みの竿を手渡してくれていた。私が釣り時間を満喫できるように、少しでもサツキマスがかかるチャンスが多くなるように、それはそれは過保護にされていた。

私のほうも「わぁありがとう」と受け取り、夫の教えと配慮のもとで釣りを存分に楽しみ、疲れたら夫に竿を預け、苔の生えた石の上で昼寝をしたり、持ってきた本を読んだりして、川辺での時間を満喫していた。どこの殿様だという呑気な釣り風景だが、釣りたい欲求も多分にありつつ、自然の中で仕事合間のリフレッシュが叶えば十分嬉しかった。

それが昨年、体調の不良もあり川へ全く行けなかった。夫と川へ行きたいねぇ、釣りしたいねぇと何度も話しながら、色々なものが削ぎ落とされ、「大物を釣りたい」欲求だけが研ぎ澄まされたようだ。

「来年行けるようになったら、全部自分でやろう」

そんな決心で、翌年初釣りに行った際、針のつけ方、仕掛けの作り方、切れた糸の延長方法、魚が深く針を飲んでしまった際の外し方などを、もう一度夫に一から全て教わった。初心に帰って、竿の扱いや道具の始末などもおさらいした。

そうして漸く、遅ればせながら一人前になった私。釣り中にどんなトラブルがあっても一人で対処できる自信がつき、今更だが充実した気持ちで川面を眺めつつ、竿を伸ばした。丁寧に餌をつけ、できることの範囲が広がった爽やかさで、晴れ晴れと釣り糸を流れに乗せた。

と、その状況が整ったところに、サツキマスがやってきたのである。

突然の強い引きにタイミングを合わせられず、「ああ、惜しかった！」と悔やんだ。ここまでは何度も同じ経験がある。これに合わせられるのが上級者。やっぱり私の腕はまだまだなぁと苦笑いしつつ気の抜けた二投目を流すと、これにもう一度大きな当たり。連続したことで、不意を突かれ、そのまま餌だけ取られてしまった。

うわぁ、せっかくの二度目のチャンスを逃した！　普通はもうこれで絶対に次のチャンスはない。場所を移動し、時間を置けば可能性はあるが、同じ場所で数分内に三度目があることはない。

だが、なんとなく、予感があった。自分が運に恵まれる、その時特有の不思議な高揚感と、同等の冷静さを感じつつ、慎重な三投目……。

結果は今現在、自宅で泳いでいる。

三五センチとサツキマスにしては小さめだが、銀毛化した鱗は海水魚のようにピカピカで、身を翻す度に美しく反射する。その姿を見ながら釣り上げた瞬間を反芻しては、川の神様に一人前の釣り師として認められたような充実感で、ありがたい気持ちから笑顔になる。六年分の経験の上に、釣りに行けなかった一年間の欲求が重なり、初歩の部分から真面目に学び直した私に、幸運の援助があって、このサツキマスに繋がった。これこそ、「からだにちょうど合うほど」の結果だ。

結論。
短歌と釣りの共通点に、「ズルが効かない」ところがあるように感じる。作歌の経験の有無はさておき、その歌がある特殊な瞬間や、言いようのない心の有り様を見事に射抜いていることは即座にわかる。誰でも平等に素晴らしさを味わうことができるのは、短歌の面白いところだ。しかし、いざ歌を作る側に回ってそれを真似しようとしても、そうはいかない。まず短歌というものの生態を知り、その日の状況や自分のコンディションをしっかり確認し、記憶や感情の流れに辛抱強く竿を差して、一つの言葉を釣り上げる。うまく反応できればよい歌に仕上がるし、慢心したり基本を忘れたり変に欲をかけば、それなりのものしかできない。

今の自分の状態や実力がはっきり出る。それこそが、私が短歌を作る上で最も楽しいと感じるところであり、また同じ理屈で飽きることなく釣りに通っているのだと思う。翻って、ここまでの作歌中にあった緊張感を思い返すと、「作った数以上の成果を出さなきゃ」と力んでいたのかもしれない。短歌は多分、そういうものではないのに。

ずぶの素人からのスタートでも、一生懸命七〇〇作ったのなら、それにちょうど合うほどの歌ができているだろう。自主制作の映像作品を見返して、出来不出来を自分で論じる必要もない。自分ではない誰かに観てもらった時に、初めて完結するのは映像作品も短歌も全く同じだ。これを書いている現在、編集のKさんと私の担当マネジャー以外に、存在を知られていない私の歌たち。読者の方の目に触れて、初めて短歌になるのだなぁと、不思議に楽しい気持ちになった。

あわよくば一首でもいいので、誰かの心の中でサツキマスのように力強く、キラリと翻る歌になって欲しい。

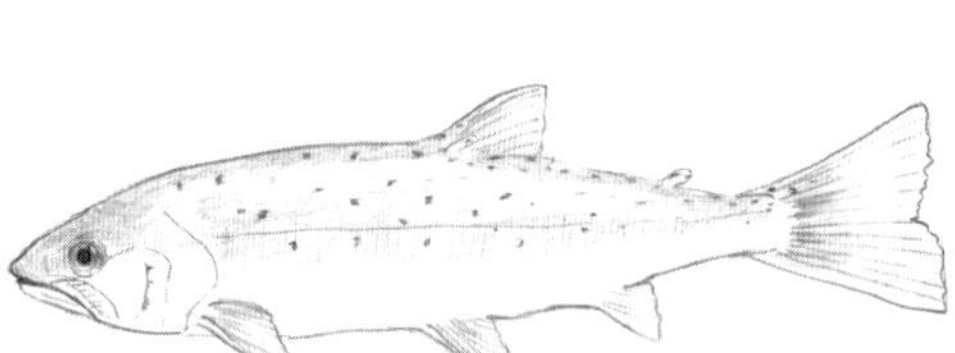

演じることをめぐって

人の毛で型を造って猫被り澄まし顔して妖怪じみる

1

今日A子明日はB美で次はCみな自分だが浮気のようだ

爪もなく長年無視した足指の小指が主役のトレーニング

階段を斜めに上がる練習を今ここだけのこのためだけに

自主練を捏ねに捏ねて捏ね回し一晩寝かせば安心玉に！

真似ごとの宿命ありて翌日の筋肉疲労で近似値量る

精神の筋力見えたらいいのにね思わぬ人がむきむきなんだよ

捕まえた感情の手綱握りしめ宥めすかして本番出走

本当はここで涙を落としたいでもあと五行先との指示で

[2]

感情のアイドリングを続けると時折満ちるむム無の砂漠

「カット」の声はたと戻った現実は冷蔵庫の奥アレの賞味期限

3

芝居でやるフェンシングのため、移動中も道具を手に馴染ませる

五種類の唐揚げ弁当食べ尽くし真っ白な籠手《こて》鷲掴み午睡

真冬には妊婦の役を演りましょうむくむく何枚着てもＯＫ

ひと冬の戦場ともに駆け抜けし洗いざらしのレッグウォーマー

この映画面白かったぁ観て正解あとは私が出てたら満点

電源の落ちた画面に映る顔こんな顔して仕事してたか

がま口がかつてのミムラ托し込み閉じた金具にノックも出来ず

肩書きをいやらしさとして忌み嫌う権威主義者の撥水加工よ

駄菓子系役者と名乗り末席に座っといても楽しいかもね　4

消費したいつかの台詞ふと浮かび使われなかった人生という　5

それらしさ追いかけていき迷い込む私は誰でどんな人間

私ではない何者かに憧れて共闘するうち自分も親友

1 『大江戸知る識る帳』大西信行著、新しい芸能研究室

2 『ガラスの仮面』美内すずえ著、白泉社

3 『チャンネルはそのまま！』佐々木倫子著、小学館

4 『トットチャンネル』黒柳徹子著、新潮文庫

5 『世界は「使われなかった人生」であふれている』沢木耕太郎著、幻冬舎文庫

向田さんについて

役者一六年のうち、とてもたくさんの役に恵まれてきた。演じた本人の個人的な思い入れを抜きにしても、よかった仕事というのは必ず次の仕事を連れてきてくれる。なので毎回、今この瞬間の芝居は次の仕事の営業も兼ねていると考え、どの役のどんなシーンも手を抜かず全力、真剣に取り組んでいる。何かの仕事がやりたかった別の仕事に繫がった瞬間は、ご褒美の甘露のように私を元気にしてくれる。

そんな中でも、とびきり一等は、向田邦子さんを演じた仕事だ。ありがたいことに二度演じさせていただいているが、特に二度目の二〇一六年の『トットてれび』（NHK総合テレビ）放送後の反響は凄かった。会う先輩会う先輩、全員と言っていいほど「あれは凄かった」とお褒めいただき、向田さんご本人を直接ご存知の方々からも「鳥肌が立って泣いちゃったよ」「顔が似ているわけではないのに不思議なほどだ」と、好意的な感想をいただき続けた。その度に私はこう返している。

「向田邦子という優良ブランドありきのことで、本当に役得でした」

自分の技量の面もあったら嬉しいが、多くは向田さんからの恩恵。ご本人へお礼を言えないので、せめて時々お墓へ行ってお礼を申し上げることにしている。著名人にしては驚くほど質素なお墓で、森繁久彌さんの「花ひらき　はな香る　花こぼれ　なほ薫る」の歌碑も控えめに添えられ、周囲の一般的なお墓に完全に溶け込んでいる。向田さんはお墓に参ることにそんなに意味はない、と考えていそうだけれど、これは私の礼儀だ。

ああ、そろそろまたお墓へ行ってお礼が言いたい、と考えていた時、すぐに行けずにできたのがこの短歌。

ミムラの「み」邦子の「く」署名真似て書く南西方向葉月の空へ

雑誌や書籍の編集者にも向田ファンは多く、放送からもう三年以上経過するというのに、今も向田さん関連の仕事を頂戴することがある。先輩方やライターさんからお褒めいただくことも、まだ続いている。演じる前から元々ファンだった向田さんに失礼のないよう、いつも以上に集中して書いた力作群。そこで得た経験や感慨は、複数の短歌の栄養にもなっている。そんな感謝してもしきれない想いを込めて、特に向田さんに縁の深い媒体から寄稿三篇を選び本書にも収めることにした。

そして実は、『ユリイカ』の短歌特集への依頼を頂戴したタイミングは、ちょうど向田さんを演じた期間と被っていた。さらに、この頃起きた変化として、もともとそれなりに速かった筆が、「速筆」と表現してよい域に達したという点もある。文章がうまくなったのかは自覚できないが、以前より迷いなくさっと書けるようになった。下手を怖がらなくなったと言ってもいいかもしれない。それより数を書いてみることのほうが大事。もっともっと書かなければ……。

そんな思いで筆が進む。

「遅筆」エピソードに事欠かない向田さんだが、実はラジオ台本などでは大変な数をこなされ、短期間に相当な原稿を書かれている。活躍された年数に対して多作だったといってよいと思う。そんな向田さんを演じるうちに、私にも何かの変化がもたらされ、下手でもいいので短歌一〇〇首作ってみよう、という行動に繫がった。ちょっと贔屓目の、ファン的拡大解釈という自覚もありつつ、この本のきっかけも向田さんを演じたおかげといいたい。

二度の向田邦子役を経て

中学の教科書にエッセイが掲載されていたことがきっかけで、向田邦子ファンになった。そのため、エッセイはどれも大好きだが、『父の詫び状』は特に何度も読み返している。そんな私は、二〇一一年・一六年と二度、役者としてご本人を演じる機会をいただいた。三〇過ぎからフリーライターとなった向田さん。初エッセイ集となる『父の詫び状』を世に出した時、既に四八歳を過ぎていた。なので、演じる上では聡明で大人っぽい、独立した女性の雰囲気を出すことに尽力した。

しかし、そうして懸命に演じながら、私に一つの疑問が湧いてきた。向田さんは余計なことを言わず賢く、人間のダメな部分を見てもそれを排除せず、愛しいものとして扱う人。そのイメージも間違いないのだが、それだけでは何かが足りないと感じた。

もっと上手い言い方が見つからずもどかしいが、「向田さんはファザコンだった」と言っていいと思う。威丈高だけれどユーモアがあり、読み切れないお父上とのあの複雑な関係。父への尊敬・畏怖・軽蔑・憐れみ・可笑しみ・親しみ……。そんなものが燃料として投じられた作品が多い。

そして、それら作品群の共通点として、「深刻過ぎない」ことがあると思う。軽々しいというわけではない。重く、息苦しく、経験したことのない場面でも手に取るように登場人物（とりわけ女性）の気持ちがわかる。こんなこときっとあるだろうな、私もやってしまうのではないだろうか……。そんな風に想像させられ、当事者である可能性を突きつけられるのに、怖くなり過ぎないのだ。

これは、どこかに必ず〝チビ邦子のお父さん（及び大人）観察記〟の視点があるためで、これが隠し味となって現実に染まり過ぎないのではないだろうか。喜劇に悲劇が滲んでも、日常を非日常が搔っ攫っても、観察者ゆえの冷静さを保っている。喚く大人たちを見ても「そろそろお腹空いたなぁ」など、どこかピュアで侵略されない領域を持っている。

このチビ邦子の観察眼を育てたのは、予測不可能な父親だったに違いない。厳しい父親に叱られないように立ち回り、酔っ払って上機嫌の背中を白けた目で見たり、珍しく褒められてその時のことが宝物の記憶になったり……。その上で父親という存在を軸とする、家族という組織を見た。自分の家と、他の家の違いを見た。そこで生まれた摩擦に傷ついたり、ハッとして成長したり、振り返って未だに砂を噛むような心残りを感じたり。

父へのあくなき観察眼は、そのまま順調に伸びて、文筆家としての人間観察力に進化した。脚本家としての武器になった。

そんな推理をしながら作品群を読み、観直すと、その「チビ邦子」要素を十分に活かしつつ巧みな言葉で内包しきる向田邦子の手腕は、やはり大人っぽく格好いいと、余計に感じるのであった。

（初出＝「二度の向田邦子役を経て」『くにこのひきだし』かごしま近代文学館、二〇一九年）

筆跡を辿って　奇妙な体験

カメラの前で涙を落とすこと。役者の仕事にはそんな瞬間がある。監督の要望、脚本に書かれている、芝居のテンションで自然に……。皆さんが想定される理由には様々あるだろうが、多分、私が二〇一六年五月下旬、神奈川県横浜市の緑山第三スタジオで落とした涙は、そのどれとも違った。

あ、いけない、またやってしまった。今日はミスが多い。

向田邦子さんの自宅セットで執筆風景を撮っている最中のこと。うんざりした気持ちになりながら、一から書き直そうとインクで汚れた撮影用の原稿を丸める。すると今度はその「クシャッ」という紙の音が耳に刺さり、どういうわけか気持ちが尖る。まあ書いていれば落ち着くでしょう、と再び書きはじめたものの、どうも筆が運ばない。それどころか気持ちがみるみる沈み込み、冷えていく。

「こういう時は」と飼い猫（役）の伽里伽を抱こうと席を立つも、今しがた足元に擦り寄っていたはずの伽里伽は、ギョッとしたように逃げてしまう。

待って、逃げないで。今どうしても、柔らかくてあたたかい生き物に触れたいの。触らせて、お願い。

そんな思いで切羽詰まるほど部屋中を逃げ回り、とうとう、伽里伽はソファーの後ろに入って出てこなくなった。いつもと違う不思議な行動。

まだ明るい時間、愛猫だけでなく親友の徹子さんも横で安穏と本を読み寛いでいるのに、急に真っ暗な部屋に独りでいるような心持ちになった。喉元がきゅっと締まり、目頭が熱を帯びる。

冷たいタールを喉に流し込まれているような苦しさを抑えながら、再び白い原稿に向かう。万年筆を握る。さあ、書くの。もっと書きたいことはいくらでもあるでしょう、あなた……。

「はっ」と気がつけば台本を携えた監督が横にいらした。先に書いたが、今はＮＨＫのドラマ『トットてれび』を撮影中で、満島ひかりちゃん演じる黒柳徹子さんの親友として、私は向田邦子さんを演じている最中なのだ。

……と、頭ではわかっている。それなのに、監督の「もう一度カメラを長回ししますので、また自由にやってください」という言葉の意味より、何台ものカメラレンズが自分の部屋の窓やドアから覗き、たくさんの人がいることが怪訝でならない。「何故徹子さんと過ごしている、この大事な私の時間を、こんな何人もの人に見られているの？」という気持ちが抑えられなくなった。

「あまり長くやらないでください……」

そう言った自分の声が遠のき、次の瞬間には視界が歪んでポタポタと涙が衣装に落ちてしまった。慌てて近くにあったちり紙で目元をおさえ、皆に気づかれないうちに落ち着こうとしたが全くおさまる気配はなく……。いつも状況を敏感に察知、調整して撮影を順調に進行してくださるチーフADのKさんが異変に気づき、私に小声で「ちょっと休みましょう」と声を掛け、休憩を入れてくださった。

撮影を止めてしまったことを詫びながらセットを出た。誰もいないスタジオの隅で一人しゃがみこみ、お化粧が落ちないよう相変わらず目元にタオルを当てつつ、何が起きたのか考えようとしたけれど、自分でもよくわからなかった。

その場からは五分で戻ったが、撮影後に監督にお詫びと事情説明をしていたら再び込み上げて嗚咽してしまい、帰宅後にそのことを夫に話しても涙が溢れ、果ては翌日訪れたボイストレーニングの先生とも一緒に泣いてしまった。まるで向田さんが乗り移ったかのごとく不思議な出来事と感じた。


私が向田邦子さんを演じさせていただいたのは、これが二度目だ。一度目は二〇一一年の作品、『おまえなしでは生きていけない～猫を愛した芸術家の物語・向田邦子編』（NHK・BSプレミアム）だった。中学校の教科書でその文章に出逢って以来の向田ファンとして、奮闘。その一度目の作品を覚えていたスタッフから声を掛けられて、二度目が実現したという経緯だ。

「前回よりさらに向田さんに近づく努力をしたい」と考え、一つだけ事前準備させて欲しい旨製作陣へお願いした。「撮影で映る書く手元は勿論、その他の置いてある原稿も全て私に書かせてください。なるべく向田さんの文字に似るよう、撮影前に練習して参ります」

しかしながら向田さんは膨大な量の執筆をなされたが、終わったものに執着をしない人で、遺っている原稿はそう多くなかった。つまり現存しない〝生原稿〟の素材を、他作品の残された原稿の文字や段落の使い方から、一つひとつ再構築し直す膨大な手間が発生してしまうのである。この作業に資料準備担当のＡＤ、Ａさんのお力添えをいただき、各話の監督からリクエストされた作品の原稿として映せる形に仕立て直し、その見本を観察する、繰り返し書く、真似る。この時点で相当入れ込んでいたのがわかっていただけたと思う。

他の撮影の合間を縫いながら自宅で練習を重ね、鳥のさえずりと朝日の中で書き、お昼にグウと鳴るお腹をなだめながら書き、湯船では洗っても落ちない手指のインク染みの向こうにまた原稿を見た。とにかく向田さんの筆跡を追いかけ続けた。

そうして数百枚を書きながら、原稿にあった〝文字以外の情報〟が徐々に私の中に溜まっていったのだと思う。映像に出ていた原稿の束はスタッフではなく私自身で書いたものであり、それはそのまま、私が演じる二度目の向田邦子さんの骨格になった。だから一度目と違い、二度目は演じていて全く迷ったり悩んだりしなかったし、「きっとこうだ」という妙な納得を持ちながら撮影していた。表に出ない努力の効果のほどが、それかなと思う。そのせいか沢山の人から似ていると言われ、ご存命中の向田さんを知る（向田さんの秘蔵っ子だった）岸本加世子さんからも、親友だった黒柳徹子さんからも「よく似てる！」と太鼓判をおしていただき、役者冥利とホッとひと安心。

そんな撮影後に知ったこと。

私がセットで涙したその時、すぐ隣に鎮座していた留守番電話は、いつもは貸し出されず今回だけ特別にお借りできた本物だった。急逝する台湾出発前の向田さんの最後の声が入っていた、あの留守番電話だ。

聞けば他の出演者にも、不思議なことが起きたという。オカルトとは思いたくないが、理屈を超えて、テレビジョン創成期の先輩方から熱いエールを送られている気がしてならない。『トットてれび』はそんな作品で、二度目を終えた私は〈三度目の向田邦子役〉がいつか叶うよう、あの時代の先輩方に恥ずかしくない仕事をしていこうと、胸に誓った。

（初出＝「『トットてれび』の不思議体験　向田さんの筆跡を辿って」『オール讀物』二〇一六年八月号）

向田さんの手袋

私は今、たいへん張り切っている。憧れの向田邦子さんが連載していた媒体（『銀座百点』）からのご依頼であり、またそれをまとめた『父の詫び状』も大好きな書籍だからだ（表題作と「お辞儀」、「隣りの神様」が特に好きです）。

そして「銀座」というと、私は向田さんの手袋を考える。『夜中の薔薇』内の「手袋をさがす」で語られた、「気に入りの手袋が見つからず、高望みして寒いのも我慢。手袋だけの話ではなく、生き方の話。私は妥協せず生きたいのだ」という内容。これを読み終える度に、銀座の小さな洒落た店で滑らかな革の黒手袋を見つけ、大喜びする向田さんの姿を想像してしまう。手袋なしの時期、勤め先は四谷とあるが、彼女がお気に入りの手袋と出会うならきっと銀座だと、私の頭には描かれている。

少し話題が逸れるが、去る二〇一八年一月二二日のことを書きたい。東京は四年ぶりの大雪で、都心で積雪二三センチという数字まで出た。

手袋なしでは厳しい雪で真っ白の寒い翌日、私は遠方のスタジオへ撮影に向かった。高速道路閉鎖中のため、マネジャーは二時間かけ下道を走った。車窓から生活道路の観察をしていくと、いつもは見えない〝足跡〟の情報が、雪によって見えてくる。無作為な沢山の足跡は、小学校の近く。踏みしめられた歩道は、住宅街から駅への近道。管理人やお店の従業員総出、善意の若者たちなど、スコップやちり取で雪を掻いている。

そんな中、ふとあることに気がついた。お昼近かったので、ランチ営業の飲食店は概ね雪掻き済みだった。店に面した歩道の縁石か、入り口の左右に寄せるかして、店前にまだらな灰色の雪山がある。

通り道だけ確保する、通常の雪掻きだ。
ところが、何件かのお店には、その雪山がなかった。隣接した駐車場へ運んだのかと覗いたが、そちらにもない。店の幅から歩道までの奥行きで六畳間ほど、そこに積もった大量の雪は、どこに行ったのだろう。

雪の行き先はわからなかったが、日本人としてすぐに感じるものがあった。雪掻きを〝必要な掃除〟として考えれば、除去対象である雪は埃や塵と同じ。それを片付けずにお客様のいらっしゃる入り口に溶けるまで数日置いておくのを、好しとしない考えなのだろう。昨日の積雪などなかったかのようなすっきりした店構えに、きっとこのお店は美味しいだろうなと感心した。それと同時に、四年前の銀座が思い起こされた。

降雪の数日後、友人と銀座で待ち合わせた。自宅周辺と同様雪が残っているだろうと考え、もこもこのスノーブーツで参上した私たちを待っていたのは、殆ど雪もなく整然とした歩道と、そこを颯爽と闊歩するハイヒールたちだった。街全体が灰色の雪山を好しとせず、草履や磨かれた革靴たちも「いつもの装い」で行き交っていた。

積雪という非常の発生に慌て、高揚もしていた私たちのスノーブーツは、野暮ったく子供っぽかった。

初めて一人で訪れたのは高校生の時だったが、銀座は「大人な街」だと、改めて足元から思い知ったのだ。そして銀座の似合う大人の女性というと、手袋のないまま黒のロングコートを翻し、足早に歩く向田さんの背中をまた想ってしまう。

長谷川町子さんの漫画『サザエさん』にも、こんな話がある。

ワカメちゃんが電車の車窓を見るために、座席に膝立ちになる。靴の裏をお向かいのお客さんに見せる失礼を気にし、サザエさんは「お靴を脱ぎましょうね」と脱がす。すると大きな穴の空いた靴下が出現。赤面したサザエさんが「靴下も脱ぎましょうね」と慌てて脱がせると、足の裏が汚れて真っ黒! さらに赤くなったサザエさん、「やっぱり靴を履きましょう」……。

礼節は時代によって変わるが、歳を重ねるにつれ、こうしたサザエさん的精神、掻いた雪を店前に置かない心意気を、引き継いでいきたい思いに駆られる。そしてこのあたりが、私が向田さんの作品に惹かれる根本でもあるかもしれない（「父の詫び状」では、小学生の向田さんがお客様の下足係となり、泥を落とし、雨の日は新聞紙を詰め湿り気を取る）。

長谷川町子さんが二六歳で『サザエさん』の連載を開始した頃、向田さんは一五歳。この時代の空気を吸って、ホームドラマの名手となった。向田さんの亡くなられた八一年の三年後に生まれた私は、〝この時代の空気〟なんて知らないはずなのに、不思議なものだと感じる。

向田さんのエッセイ、ドラマ、小説、その全てのファンだが、多分私が特に焦がれているのは、彼女が遺したもの全体から漂ってくる〝気配〟なのだ。細やかだけれど変わりようがなく、その分強烈に不在感が襲ってくる、そんなものを求めて作品を繰り返し読んでいる気がする。

銀座の街に（未だに、そしてお会いしたこともないのに）向田さんの存在を感じるのも、同じ性質のものだと思う。銀座は間違いなく最先端の街であり、その速い新陳代謝と強い前進力の分だけ、少し世間よりゆっくりと進む時間を持っている。イメージでいうと、最速の最新エンジンを搭載したピカピカの外装を誇る船に、格好良く錆び付きフジツボの住まいとなっている、どっしりとした錨が付いているような状態だ。

そんな船を思い浮かべると、またそこには向田さんが手すりにもたれかかり、船上から空を仰いでいる。彼女にも「新しいもの好き」と「懐古主義」とが共存し、給料三ヶ月分でアメリカ製の最先端水着を購入した洒落者でありながら、数多くのエッセイでは、圧倒的記憶力によって戦争を跨ぐ昭和初期を具に綴った。

銀座は「いいものを着たい、おいしいものを食べたい。いい絵が欲しい」という、「手袋をさがす」で向田さんが語った〝極めて現実的な欲望〟を実現できる街である。だから台湾の空を終の住処とした現実と並行し、私の中の銀座には、向田邦子さんが暮らしている。愛猫と、妥協せずについに見つけ出した、ご自慢の手袋と共に。

（初出＝「向田さんの手袋」『銀座百点』二〇一八年五月号）

わたしは〈わたし〉と生きていく

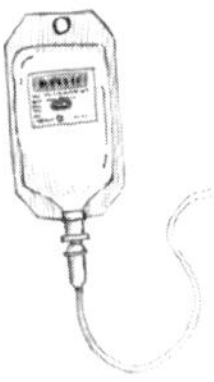

吹き消した蝋燭の香り沸く拍手何者なのかと三十路立つ夜

車窓から流れ込む世界その中ですりきり一杯自分を量る

狂い咲く真紅の木瓜に責められて明日は着ようか女らしい服

糊のきいたシャツが居心地悪くって明日はどうする四月の不安

嫉妬心妬み嫉みにジェラシーと同義語全てに別弾載せて　1

のびたゴムよれたその縁なぞりつつ私の想いものびてきたのか

「要らないよ」〝い〟に込められた線引きに下がる目線と固まる心

ネガティブな言葉弾けて皿滑りグリンピースのソースに溜まる

どれほどの丸い言葉に溢れても裏返っては戻せないもの

丁寧に曇り拭われる窓ガラス私もあんな風に拭き取ってほしい

かさかさと乾いた葉擦れを踏むうちに私の湿りも飛ばされていけ

知っているあなたは私を知っているけれど知らないそんなものでしょ

2

取り返しつかぬことって久しぶり失いながらに何かを得たり

かといって気にしてないってわけじゃないほらやっぱりね胃の腑がもにゃり

松ヤニのギシギシとした感触を共鳴せしめる割れた心臓

トラブルは無いに越したことはないでも少しなら腕試しの巻

自販機のラインナップをしげしげと眺め終えれば点滴と往く

〝死〟とは、「苦労のない穴にさようなら」ゴリラが手話で云うことには

③

カンファタブル・ホール・バーイそんな感じに去れたらいいね

雨が好き雨好き婆婆になる所存でも亡くなる日は曇りがいいね　④

病院を出て小春日を浴びながらぐっぱぐっぱと手で為す自由　⑤

ありがとう言われ慣れない挙動みて彼方の幸福少し願って

足出して明日を眺めて湯冷めしてまだ足りないからくしゃみをひとつ

なんとなしふっと感じることがある安心感をご褒美として

〝生〟〝死〟とは？　それについては海底のロブスター君に任せ生きよう
好きなもの呪文のように書き続け私にだけ効くマントラとする

1 『べつの言葉で』ジュンパ・ラヒリ著／中嶋浩郎訳、新潮社

2 『いつか深い穴に落ちるまで』山野辺太郎著、河出書房新社

3 『ココ、お話しよう（自然誌選書）』フランシーヌ・パターソン＋ユージン・リンデン著／都守淳夫訳、どうぶつ社

4 『おじさんのかさ』佐野洋子著、講談社

5 「特捜部Q」シリーズ、ユッシ・エーズラ・オールスン著／吉田薫・吉田奈保子訳、早川書房

あとがき

さて、いかがだったでしょうか。製作期間三年・総製作数七〇〇首・そのうち掲載は二三六首、という本書です。

『ユリイカ』掲載時が約一〇〇首中の五首、〝上澄みの五％〟だったところから、約三四％の採用となったわけですから、誠心誠意取り組んだとはいえ、作者本人としては程度がやや心配。手にとってくださったお客様に少しでもプラスを、という考えから、短歌以外にいくつかの工夫をこらしました。

一〇篇のエッセイ書き下ろし、製作順七〇〇首一覧（巻末）、作歌を助けた書籍五二冊（各章末）、視線の休憩所としてのイラストも全て私が描きました。

自著『文集』で好評だった、出演作（四四作目以降七八作目まで三〇作以上）について、役者としての雑感エッセイも掲載候補でした。しかしラフ版を書き上げたところ、いかんせん量が多く、短歌掲載ページ数の数倍となってしまう勢いで断念。最終的には、「はしがき」

からこの「あとがき」、各章毎の幕間エッセイまで、全て短歌要素でみっちりと。ずばり短歌について、作歌しながら日々思ったことも野暮天を覚悟の上で、とことん正直に書いた一〇篇を掲載しました。少しでも楽しむ要素を発見していただければ幸甚です。

＊

長らく歩いてまいりましたが、この三年間は本当に学び、得るものの多い期間でした。幕間エッセイでもその都度触れてきていますが、振り返ってみると追加の発見もありました。

（1）演技、というものの性質についての再発見
（2）短歌からの応用
（3）世界中の詩歌人と繋がる不思議な喜び

（1）演技、というものの性質についての再発見
職業：俳優として作ることのできる、演技についての短歌は、三年の間ずっと試行錯誤を重ねてきて、終盤に面白いことに気づきました。
「保存された思い出の中」や、「美しい何かを見て」の短歌、いわば「静」の歌は、比較的最初から作りやすいものでした。固定されているものを凝視して、じっと描写すればよいので、普段やっているエッセイや書評のやり方が一部通用したのです。しっかり見直し、よく

観察すればほどほどの歌ができました。それでつい「できるかも」と思い上がって、演技についても同じ手法で詠おうとしたのが問題だったのです。

「演じる」という行為は、目まぐるしい速さで「情報処理・判断・調整・実行」を繰り返し、なおかつ高出力を保ち続けることを求められる作業です。精密機械の緻密さと、野生動物のパッションを、両輪とせねばならない行為。つまり思いっきり「動」、しかも単発でなく「動の連続」の歌だったのです。捉えにくく、詠むのが難しいわけでした。

素人からいきなりデビューした身として、思い上がり防止の意味も含め「演技は誰にでもできるもの」と思ってきましたし、実際にそういう面もあります。しかし今回短歌の材料にするため、解体・検分して「結構複雑なことをやっているのかな」と、芝居中の自分をちょっと見直しました。頭脳的にも肉体的にも、もっともっと大変な仕事が底知れず存在する中、こんな楽しい仕事で疲れたとか言っちゃいけないゾ、と自分の尻を一六年間叩いてきたのですが。時々であれば、言ってもいいかもしれません（笑）。

そんな風に、短歌は本業との関係もバージョンアップしてくれました。役者業の面白いところは、人間の行う業全てが参考になることです。何をやっても勉強になり、糧になる。しかし、ここまで演じることそのものが詳らかになったのは、私の中でも初めてのことです。物事の構造を考え、もっとうまい方法はないか考えるのが大好きな私ですが、三年間の作歌作業を経なければこんな答えには辿り着かなかったでしょう。自分のレントゲンやＭＲＩの写真でも見ているようです。大きな財産をいただきました。

（2）短歌からの応用

要点を掻い摘んだ「短い文章」が苦手でなくなったことも大きな変化でした。これはシンプルに、短歌の三十一文字に鍛えられたと思います。

例えば書評。二〇〇文字や四〇〇文字で、その本の素晴らしさ、そしてそこに自分の感想を添えるという作業。以前の私は本好きが高じて、もっと書きたい欲に邪魔されていたため、悩むことが多かったのです。それが一度、短歌調に書き下ろせば、なんと豊かな余白を与えられているのかと、贅沢な気持ちで二〇〇文字、四〇〇文字に向かうことができるようになりました。

この利点は、自分の本音を探り当てることにも使えます。つい付き合いが長いので過信しますが、意外と自分は本音をそうそう明かさないもの。こうあるべき建前や、こうなりたい理想像に邪魔され、自分の本音を見失った時。正体不明の感情は、元の容量を超えて膨張していったりします。見失った自分の本音の稜線を再びはっきりと捉えるのは、大変難しい。それが、一度短歌に落としてみることによって、無駄な部分がとことん削ぎ落とされ、片付いた部屋で紛失物を見つけるように容易になります。

流行り言葉、それも常用となりつつある言葉ですが、言葉の断捨離的に、少ない文字数の原稿にも、ミニマムで核心をついた本音にも短歌は有効でした。心の中から一つの言葉を精製することで、こんなにも思考や心情がクリアになるものかと、驚いた成果。「皆さん是非、短歌を作ってみて」と声を大にしてオススメできる、実用編です（ただし、多少数をこなすことは必要かもしれません。私は作歌総数三〇〇を超えたくらいで効果を感じはじめました）。

（3）世界中の詩歌人と繋がる不思議な喜び

元外交官であり、雑誌で私と同枠の書評欄をご担当なさっている孫崎享さんが、ある詩集の紹介時にこんなことを書かれていました。八〇年代の原油大国サウジアラビアにて、外交官として情報機関の人々と意見交換をした夜のこと。

「世界の100人の富豪に入っている実業家の家だった。（…）驚いたのはその中で最も尊敬を集めている人物が詩人だったことである。私はロシアやイランなど詩を愛好する国々に勤務しているが、サウジで詩人が高い地位を得ているとは思わなかった」（「読書日記」『週刊エコノミスト』二〇一九年一月一日・八日合併号）

ここから、「成人が詩と関係なく暮らしている日本は特異の国と思う」と文章は繋がります。詩人の立場に驚きつつ、私は『不思議の国のアリス』などの欧米の児童文学を思い出しました。頻繁に出てくる「詩の暗唱場面」と、自分が作歌作業中にやっていたことを重ねてみたのです。

「短歌の暗唱」ではないですが、口に出して詠んでみたり、文字として一度紙に書いてみたり。自分の好きな歌、著名な素晴らしい歌たちから、なんらかのエッセンスやコツを引き出そうと奮闘していた時のこと。ふと、誰かと同じ場所に立っているような、不思議な感覚になることがありました。それも同次元ではなく、別次元が幾重にも重なり合っているような、なんとも言えないふくよかな重複感。

作歌を続けるうち、それは先人たちが歩いてきた言い回しや、言葉のチョイスや、ある情景の描写に、私が踏み入れた時に起こるとわかりました。精神的な意味ではなくむしろ物理的に、何度も何度も、数多の歌人たちが踏みしめていった道を、今自分も歩いているという感覚です。私は日本人で日本語で短歌を作っていましたが、それらの言語の壁も超えて、多くの国の詩歌人たちが同じ道を数え切れぬほど往来し、その風景や感情を各々の言葉として結晶化してきたに違いない。

はっきりとしたリメイクやオマージュを明言しなければ、「二匹目のどじょう」「劣化コピー」となりかねない映像作品の世界。制作側は、オリジナリティの確保に常に頭を悩ませているといっていい状態です。しかし詩歌の世界は、そこに止まらないおおらかさがあります。著名な短歌、俳句でも、後から盗作疑惑の出る作品もあり。当然、真似されたご本人が知れば複雑と思われますが、他者から見ればそれぞれの歌の良さを感じます。むしろ意図しないところで誰かの思考と交差したら、「あら、奇遇ですね」「どうも」と手を振り合いたいところ。

誰かと「被る」ことを嫌って言葉を研ぎ、ボートを自作し、オリジナルの海へ漕ぎ出すことも素敵だと感じます。意図的に盗作することはありません。けれど、この「ふくよかな重複」を楽しむことができるのも、詩歌を詠む上での魅力だと私は強く感じました。

優れた表現には、もう先駆者がいらっしゃる。役者になる以前、美術の推薦で高校に入学し、一日何時間も絵に取り組んでいる期間など、特にこのことが怖かったのですが……。倍の人生を生きて、今の私にはとても嬉しいことに感じられます。パソコンやノートに向かって一人で短歌を作っていても、大勢と共に在ること。個人主義的でありながら、団体競技に参加しているような、アンビバレントで居心地の良い感覚を得ました。

「短歌について、エッセイ一〇篇も書けるのかな」と不安がっていたのが嘘のように、長文のあとがきとなりました。それだけ、得たものが多く、存在としても大きかったのです。もともと自分の手元にあるものと、知らないものを比べて違いや共通項を発見するのは好きな作業。お恥ずかしながら疎かった「短歌」というフィールドで、私の好奇心はスパークし続けました。

ああ、楽しかった。

こうして私にたくさんの置き土産を置いていった、短歌の水先案内人「タンタン」。すっかりお別れがくるものと思っていたら、どうやら私の胸中に住み着きました。やはりシステムでなく生き物なのか？　ふらりと気まぐれに出てきては、短歌の素を食べて三五点くらいのあっさりした短歌を量産しています。私にもすっかりタンタンの出現に備え、〝短歌の素〟を溜め込んでおく習性がつきました。記録に残すことは減りましたが、共生関係は続いていくようです。

もともと私の生態は短歌を好むはずと、彼（？）は知っていたようです。「いつでもどこでも一人でできる言葉遊び」、「個人主義的でありながら団体競技」ですから、多くの人にとっても楽しいはずです。

二〇一六年の初夏、編集Kさんから頂戴したお誘いを、今度は私から皆さんへ。

「短歌、作ってみませんか？」

タンタンの抜け毛に宿る情熱を少し確かめあとはかくしへ
一人きりポツリと詠うそのはずがいつかの誰かと世界を合唱

二〇二〇年　不思議と寒くない一月の朝に

附録

全七〇〇首一覧

1 赤ドーム七つの星が転げつつ五指を旅して登頂離陸
2 頬撫でる蜂の羽音に告天子遊覧飛行の長閑な欠伸
3 春が来て温もり匂い立つものは良い香悪い香どちらも嬉し
4 入園に卒園入学卒業と写真はいつも沈丁花前
5 するすると逃げさるトカゲ行かないで温い縁石一緒に座ろう
6 藤色に染まる棚下しゃがみ込みしずしず降りしきる花殻浴びて
7 糊のきいたシャツが居心地悪くって明日はどうする四月の不安
8 うっすらと血色ばんだ山並みに淡い木の芽と桜前線
9 冷水の飛沫越しに見つめ合う桜映した隻眼の山女魚
10 はこべらの絨毯沿いにホトケノザ瑠璃唐草で装う休畑
11 得意げに花ちりばめた敷物を広げて眠る休耕地
12 養分を吸い取り伸びて覆われた休み畑の雑草天国
13 糸遊や氷幟に積乱雲それら眺むるうなじの火照り
14 熱こもる浴衣の帯を解きつつ麦茶を一杯花火の残響
15 調子どう最近暑いね明日雨？霧吹き片手に我が家の緑と
16 しな垂れて呼ばれ振り向く夕闇に蘇鉄食い込む傾いだ空き家
17 シャキシャキと紫蘇に茗荷に新生姜叩くまな板立ちのぼる夏
18 まん丸の灼けた額にへばりつく短い前髪寝息と風鈴
19 年嵩のショーを終えたる踊り子の古びた衣装と凌霄花
20 花増えて暑さの中を平然と父が嫌った凌霄花
21 音もれる祭りの端の路地裏にノウゼンカズラと萎んだ風船
22 自毛より倍は長い毛四本白髪どこから来たんだ怯える夏の夜
23 出張前白髪の怪を夫へと「ええ怖いよ！」留守をよろしく！
24 共に見たインターフォン越しの人影あなたの目には一人多くて
25 ゾンビものスプラッターに殺人鬼なんでも平気な　我ら夫婦が
26 窓開けてカーテン揺らす煙の香今夜はサンマうちもそうしよ
27 掃いて散り寄せて集めてまた落ちてからかう落ち葉に困ったふり
28 マフラーとダウンコートに手袋しブーツの底の朽ちゆく落ち葉
29 秋雨に濡れて重たいトレーナー脱いでも気分が湿ったままで
30 まぶされた秋の日差しの黄金で笑う人光る行楽日和
31 冷えてゆく帰り道に割り込んだ誰かの朗読オツベルと象
32 ひび割れた殻の隙間を覗き見て艶めく翡翠に見惚れる夜長
33 日暮れ前木々が放って沈みゆく花の香に似た気孔の吐息
34 伸びてゆく影を追いかけ走りだす夕日に押され早まる足音
35 バイバイと何度も言っては遠のいて伸びるあの子の影だけ残る
36 逆光で見えないあの子のバイバイが耳に残って夕日が赤く
37 白映えの寒風満月赤鼻を啜りて尚も上機嫌
38 お焚き上げ昇る煙に爆ぜる赤片眼のままにほころぶ達磨
39 こんな日に食べたかった夢叶う関東初雪オニオングラタンスープ
40 昼の熱ふやけた歯茎の皺に触れ思い出す夜舌先の記憶
41 ふうわりとレアに熱した生たらこ金の吸い地に花咲くごとく
42 東京の冬の朝なのに朝鳴きで空をつんざく緑の亜熱帯

43 血縁の近さとまずさ他人との遠めの親しさ年末年始
44 猫柳蕾を集めたポケットに手を入れ柔さと冬を味わう
45 冬日受け丸い禿山なめらかな毛並を思う落葉の木々
46 冬日射し稜線ゆるむ枯木立丸き禿山揃いの毛並み
47 まん丸の冬の禿山枯木立春を含んだ斜陽が撫でる
48 群れて散りまた群泳し転回すメダカの水槽煮立つ鍋の具
49 何度でも曇ったレンズを見せてくる初の眼鏡の初冬うどん
50 がらスープ夜中の弱火寸胴鍋褪せた青ネギ鍋底の私
51 灰汁掬いすっきりするのよ本当よ干支二周りの先輩曰く
52 独りきり月夜の晩を好み砥ぐ夜伽のごとき包丁砥ぎ
53 引き続き月夜に照らしさらに磨ぐ鍋底きらりと照り返すまで
54 掌にアボカドの種転がしてやわらげ心臓滑らかに
55 ぬくもりと甘みが落ちる胃袋の裏に張り付く憂鬱な明日
56 ひんやりと酸っぱさ降る喉仏炭酸水の上昇志向
57 揉めた日の寝る前気づく替えたてのシーツが語る朝はごめんね
58 増えてゆく輪ゴムをそっと間引きつつまた増やすあなた笑顔で見つめ
59 絶叫を繰り返しては気遣われ大丈夫ですよ鍛えてますもの
60 感情を止めては溢れもう一度重ねゆくうち自分と交じり
61 恋心演じた相手に湧きますか?イエスとも言えずノーとも言えず
62 インタビュー受けて話してぎょっとするそうか私はこう思ってたのか
63 ニコパチと業界でいう笑顔写真そのうちどれだけ言葉込めるか
64 車窓にて流れる街に溜息しさっきのシーンも一度演りたい
65 帰宅して上着を脱いでお風呂場へ鏡に映った自分でない顔
66 すごいよなぁほんとうまいなすばらしい上手の同僚見つけて喜び
67 この映画面白かったぁ観て正解あとは私が出てたら満点
68 あの会館毎年通った発表会川がこんなに近かったのね
69 見晴らしと風通しもよく子は元気友の幸せ新居で受けて
70 午前四時ハガキ二枚が旅に出る知ってる場所と知らない場所へ
71 嘘を吐き袋小路で捕まって慌てる小人嘘が飲みゆく
72 煩わしいとっくに終わったことなのに歯間の残飯かおまえは
73 落ちてゆくかつての知人の生き様に何も思わぬそれが驚き
74 「要らないよ」〝い〟に込められた線引きに下がる目線と固まる心
75 家を出るドアノブ回し鍵はポストもう戻らない家を出たのだ
76 丸い背で若芽千切ってこわばって何を思うか老婦の足取り
77 あ、泣きそうそう思ってはみたものの時計の針見て引っ込む現実
78 もう少しこの章だけでもあとちょっと長風呂上等完読のぼせ
79 このシワはあの日あの時あれのため私と本だけ知ってるあのこと
80 レンズ越し目が合うわけではないけれど役の心情手に取る技術
81 「エキストラ名前を憶えて指示をする昔はそんなの当たり前でした」
82 ミス多発まだまだ成長途上でもいつも笑顔のありがたい人
83 そうですねそんなこともありますよね96歳万能相槌
84 切り分けて遠慮で残ったカステラの風情にも似た長屋の名残
85 板の間の先に広がる広い空ここは東京本当ですか?
86 封筒を閉じるテープの長短に覗く人柄この人いいな
87 「大盛りで」「長持ちするよ」「お得だね」そんなあなたの考え好きよ
88 あぶないよなんでそんなとこ立ってるの理系のあなたと文系のわたし
89 そうなんだ大変だったねぽつり言う誠実な友の飾らぬ言葉
90 もういいのそう言う彼女の横顔は諦めでもなく強がりでもなく

91 こんにちはお宅のご主人留守ですか玄関越しにインコ答える
92 膝上で眠りに落ちて前歯見え長い耳寝て前足浮かし
93 濁りゆく丸い離れ目懸命に私はここよと鼻を鳴らして
94 亡骸も生前写真も首輪でも泣かなかったのに一粒の糞
95 ハッとして全力疾走君の情熱三本足の白黒毛玉
96 うなされる熱の寝床で木霊するあのこの鳴き声さよならまたね
97 角度変え自分も周りをぐるぐると石を買った日夫婦の食卓
98 やわらかなブラシで磨き機嫌問う結晶たちとの無言の会話
99 パソコンで熱した手首冷やしゆく何百万年不動の物質
100 石目当て夫婦で河原を探索しそういえば今日ってクリスマス？
101 退いて襖の隙間刺さる声父母争い小指が冷える
102 蹴ったのにちょっと待ってと縋られて戸惑う我が靴乗っかる小石
103 掌にぎらり光った罪悪感鱗粉まみれの遊び心が
104 膝抱え鬼のくるのを待ちながら月桂樹の葉をちぎって香る
105 耳すませ自走の音に呼吸音影回りこむ第3コーナー
106 朝日透く薄切り羊羹飲みくだし暗い胃袋ぐうと鳴く
107 3月のグレープフルーツ薄皮をつるりと脱いであの娘に似てる
108 クマを消しくすみ隠して血色ばむ昨日と自分を隠すがメイク
109 隆起して固まるマグマの断層の端っこめくって瘡蓋再燃
110 好きなもの呪文のように書き続け私にだけ効くマントラとする
111 目で聞いて真面目に板書を写しても5限目に飛ぶポプラの梢
112 朝靄の異国の森で対面す栗毛の馬の2回のお辞儀
113 何しようなんにもせずともいいのよね朝食だって林檎とグミだけ
114 澄んだ声つけたてネイルに香水も受付女性の肌荒れ案ず
115 車窓から流れ込む世界その中ですりきり一杯自分を量る
116 跳ね返るグラウンドの土ふくらはぎ13ミリに体重乗せて
117 日々過ごす12時間越え一年も続けばくしゃみも同時に出るのだ
118 良き映画余韻を味わいふとニヤけ役者でよかった役得浸る
119 ネガティブな言葉弾けて皿滑りグリンピースのソースに溜まる
120 ひょっこりと浜辺の残骸紛れ込み漂流物気取る夏蜜柑の群れ
121 30年付き合いあっても知らぬもの新たな魅力の焼き桜餅
122 隊列を組んで構える兵隊のごとく並んだ栗の渋皮煮
123 外套にしがみついてきた欅の葉捨てるも気の毒つかの間デスクへ
124 「カット」の声はたと戻った現実は冷蔵庫の奥アレの賞味期限
125 何年も前の役名呼ばれては内在している私でない私
126 もう少しあなたは外で君は内我が身のことでも命は通じず
127 爪もなく長年無視した足指の小指が主役のトレーニング
128 こぷこぷと内臓喜び骨震え小汗をかかねば発声ならず
129 生きていれば生涯できるこの仕事つまり生身では見習いのまま
130 台本を読み込み前作関連本勉強好きでよかったなぁ
131 緑道に沿った桜がカメラ浴びはぐれた桜ふわり俯向く
132 差し掛かるカーブで解けるまどろみにシートベルトと遠心力と
133 暗がりの衣装部屋からひそひそと多数の人型折り重なって
134 人の毛で型を造って猫被り澄まし顔して妖怪じみる
135 針刺しについと出た毛を引き抜いて出てきた他所の女が嫌で
136 海老入りでハムじゃなくって焼豚で誕生日だけの冷やし中華
137 くたびれて突っ伏す食卓頬冷えて青い土竜が縦列駐車
138 20年私を見てきたガラスの目細かな傷跡撫でても笑顔

139 北国の雪の気配を宿しつつ真夏の熊谷青い目映す
140 風呂の湯気発散していく言葉と心明日の分を台本から吸い
141 尖る波狐の嫁入りにわか雨晩夏の富山に集う青たち
142 よその家ご馳走になったカレーでも美味しかったと母に言えぬ謎
143 気詰まりな会話のために差し出した細くて長いミントチョコ
144 ぴゅうと降る声に驚き外に出て染まる朝焼けヤモリのなる木
145 桃の香の消しゴム半分切ってあげ大喜びした大沢くん
146 深夜2時歩く壁際卒塔婆出てそわり粟立つ二の腕と臍
147 がたことと動く車で食事をし本を読み仕事をし変身もする
148 同母国バイト仲間とプチ帰郷イラッシャイマセで日本に戻る
149 気の利いた甘い言葉を吐きながらチリ紙ひとつもゴミ箱入らず
150 とびきりの寒の戻りに首すくめ膨らむ土鳩に着膨れ同意
151 右の手に小太り白黒左の手に小太り灰縞両手で幸福
152 あたし取るよ転がったペンに伸ばした手筋肉だけ知るあなたへの本気
153 もうダメだ！最低最悪！風邪薬心にも効くと知った翌朝
154 争いの腰を折るべく口内のキャラメル四角を丸く溶かして
155 電源の落ちた画面に映る顔こんな顔して仕事してたか
156 今日A子明日はB美で次はCみな自分だが浮気のようだ
157 ふるふるとまだらな緑肩揺らし爆発しかける5月の青葉
158 そうだけどそれだけじゃないアレ？これは私のプラン？あの子の心？
159 ピッピッと暑がりなのに設定を＋4度分あなたの愛情
160 窓からの風でナンニモ聞こえないそれでも楽しい君との会話
161 変えようかやっぱり変かなでも何に？変えずによかった私はミムラ
162 くたくたのパリッとした後頭部連綿続いて電車は明日へ
163 トンネルが吸い込み異界数秒間じっと咀嚼し現世に戻す
164 石鹸の香りが清潔主張して気まずく残る爪の土くれ
165 包み込む白い沈黙ひんやりとも少しこのまま米びつの安寧
166 茶色くて濁ったガラスの断面で私だけ映らない雨上がりの川
167 直したいでも私のすることじゃない折れ曲がる襟と友の恋心
168 虹の輪がゆれる窓際心地よくお出かけ気分の炭酸日和
169 1日の緊迫ほどけ息深く腰紐止めてた本音も吐いて
170 ピンポンと鳴らして出ないワケ知ってそれでももう一度ピンポンと
171 見上げれば落ちる花びらしゃがんでも上向く若葉忙し散歩
172 下の若葉半ばの薄紅天辺に未だ踏ん張る満開一群
173 撮影所最上女優のメイン場面私の見せ場と桜吹雪で
174 賑やかな緑の中で耳澄ますさわさわすくす青あお山やま
175 とんがった刃物のように切立って得意満面単子葉類
176 隣家から朝のコーヒー香しくこちらは徹夜のドーピングカフェ
177 感じ入る十年経って今もなおお名前呼ばれる場を持つ幸せ
178 発してるサイズ以上の熱情報千枚ハガキにあふれる思考
179 連れているペットの顔で覚えてるマンションの住人ここは東京
180 好青年モニター越しにハキハキと辞めかけ新聞リーサルウェポン
181 なごやかに毎度楽しく繰り返す祖母とのゲーム「私は誰でしょう？」
182 しもやけも疲労度合いも日焼けにもお揃い進む作品づくり
183 フェイクでも癒し効果はあるってさそう拒むなよへんくつ脳
184 澄んだ水誰にも言えない語句流れボクは聞いたとパシャリと跳ねて
185 映画館出てきた後の立ちくらみ強いほど嬉しい作品酔いだ
186 こっそりと夜にうろつく美術室憎く焦がれる彼女のこの絵

187 度を越して懐いた猫のすりよりか晴れた窓辺のペン先と影

188 満開の木香バラを背景に仏頂面が崩れ泣き出し

189 ヘッドホン転がり外れ鳴り響くトッカータとフーガ昼下がりのバス

190 来年も必ずくるわと柵越しにお相手はハンサムな山法師

191 仰向けの初夏の星空ふちどるは白い野ばらと有刺鉄線

192 フリル付きエプロン並び伸びジャージ楽しげなケンカ新しい生活

193 薄暗くフットライトが照らす顔貴方でなかったらどうしましょうか

194 悩ましいまだ着れる気もしなくない気に入りなのかあの日のシミだからか

195 細い首リクルートスーツ一束髪公園で齧るハンバーガーの味

196 伸びきった葉牡丹さらに首伸ばし桜咲くのを見届けたくて

197 玄関前主のようなアロエベラうすらでかくてもう誰も見ない

198 狂い咲く真紅の木瓜に責められて明日は着ようか女らしい服

199 眼球がギシギシ疲れ追いつけぬ流れる世間と電光掲示板

200 気の抜けたビールとチョコと八朔と食い手の寝息最終新幹線

201 夕立に抱きすくめられて浸りきり諦め可笑しさ滴る家路

202 歓声と悲鳴の差異も曖昧に傘一つの下ピンクの三人

203 役立たず三人娘に一本の折り畳み傘が豪雨に笑い

204 極小のピンクの傘に頭寄せ強雨を超える三重笑声

205 吹き消した蝋燭の香り沸く拍手何者なのかと三十路立つ夜

206 不仲妻おぶって家に帰るという祖父の笑顔に打ちのめされて

207 立て続く雷胸も高鳴っているかと思いきやワイパーの音

208 雷鳴と鼓動のように軋み鳴くワイパーの音だけ車内に響き

209 突然の雷雨に行く手を阻まれて集うしかめ顔軒先の面々

210 闇深く沈んだ路地裏誘爆す姿の見えない薔薇の香怪しく

211 夜更けて住宅街に姿なく薔薇の香りが右頬叩く

212 ひとり行く夜の無人の住宅街姿見せずに付いてくる薔薇

213 ビタミンのタブレット数多噛み砕き不健康な心よ弾んでくれないか

214 のびたゴムよれたその縁なぞりつつ私の想いものびてきたのか

215 亡き祖母の入学祝いの鉛筆は特別枠で二十七年生

216 傷付いたガラス越しに見る蛍光灯明滅しては何かを忘れて

217 下ろし髪内に温もる湿潤を蹴ちらし吹きゆく初夏の夕風

218 山の雲ふわりと宵闇広げては眠りゆく木の香りをまいて

219 交代で汗を押さえたハンカチを手にして佇む洗濯機前

220 これ君の満面笑顔で渡されたホームセンターで買ったゆるタオル

221 鷲掴み薙ぎ払った末残るのはファーの抜け毛とこぼれた心

222 高架下誰にも聞かれぬこの言葉轟音匿う憂さ晴らし声

223 ひきはがす蔦にこぼれるコンクリが今亡き家主の言葉を吐いて

224 コンクリに血の通うごとく根を張った蔦の足跡冷たい古壁

225 素っ気なく蟻も登らぬハゲた壁ふさふさ茂った蔦剥がされて

226 どれほどに歩みが遅くなろうともすっくと礼して掲げた帽子

227 慰めの風ぬるく頬をなで去って奥歯に噛んだティッシュの甘み

228 背高の強風なびく夏草と光る頬とが反射し合って

229 ざぶざぶと洗う風呂場の音に添う庭師の刻む正午のリズム

230 金色の夕日に横から射られればあなたの型がすっかりとれる

231 オニヤンマヤゴの抜け殻手に包みこれを「宝」としてくれる貴方へ

232 町工場銀色の顔曇らせる前30度へ傾くポルシェ

233 日焼けした若い素肌の首筋が木陰のスマホで羅生門覗く

234 親しげなアスファルトの香り頬寄せて仰向く蝉の脚40度

235 盛りゆく西洋アサガオその下で眉刷毛万年青が裾を正して
236 華やいだ忙しい流れに眉潜めなおも詰め込む駅前プチシュー
237 雨風の吹き込み耐えて一呼吸ビル群狭間の戦士の休息
238 丁寧に曇り拭われる窓ガラス私もあんな風に拭き取ってほしい
239 長風呂に流しごまかす昨夜の過失顔の塩気がスナック一袋
240 スニーカー靴下短パン弛みシャツマスク顔駆るは環状線
241 床に伏す全身ピンクのテロリスト声明文はおかしをみっちゅ
242 すれ違う七秒間に全幅の信頼放つ細目の笑顔
243 増していくボリュームの中に吸わせたい入道雲に不意の塩水
244 空透かし細枝刻む微かな明滅名画の予感を瞼に射して
245 センリョウはマンリョウの影で何思う庭園の夜に整然として
246 若さから得ては失い立ち上がる湯けむり向こうの経験値の群れ
247 素晴らしきここは天国浮世は捨てた体重血圧測るけど
248 赤キャップ英字の黒T長靴の開店間際の寿司屋の大将
249 陽に灼けた化学繊維の折れる音ぬいぐるみ語る二十五年目
250 型抜きし使わず終えた金属片空を映して再生を待ち
251 ポケットに隠し持ってたロックナット硬さと角張り見倣いたくて
252 酸化済みアルミニウムをペコペコと指の間で感じる薄さ
253 カシメダマロッカクレンチゴスンクギ抽出しごとに名前を振って
254 掘り出した木工室の釘穴の消しゴムカスをまた押し込んで
255 劣化したアルミニウムの片手鍋祖母の牛乳煮立つことなく
256 白ばんだアルミのボウル傾いて持ち主不在の緑のお勝手
257 割れた窓ほぐれた畳たわむ壁褪せた鮭缶人形抱えて
258 炎天下額滴る氷水警備の制服滲み出す過去
259 暴れ出す雨音に負けぬ笑い声ひとつ傘の下むち足三対
260 美味しそうあの子の差し出す草団子半透明で夢の中だが
261 楽しいねこんなゲームははじめてよルール不明で夢の中だが
262 点滅の信号走るカーディガンはだけたレースに藤色の気遣い
263 逆剥けの痛みで少し楽になるあのこと考え煮詰まるよりは
264 シチリアを出た時思いもよらぬこと蕎麦や豆腐と沿い寝するとは
265 一日に卵一個の〝け〟の呪い本当は違うコレステロール
266 どのコマで吹き出したのか教えてよ二十離れた友との漫画
267 何十回反射の窓で確認すそれだけで美し十代前髪
268 落ち着いてもう大丈夫僕が居る指先舐める古本の紙
269 本を読む人の気配が恋しくて楽屋に浮かぶ瞼の図書館
270 十代であんなに笑い泣いたのにほとんど忘れたこれぞ幸せ
271 かさかさと乾いた葉擦れを踏むうちに私の湿りも飛ばされていけ
272 いつかまた帰るあの子の家として黒池湛える慕情のお寺
273 木漏れ日に黄ばんだキュウリが流される伝説沈んだ水底舐めて
274 海岸線十トントラック巻き上げるふっこうふっこう目指した埃
275 風の丘名前通りの風圧で影の形も削がれ遠のく
276 海水で蒸し焼きされた牡蠣の身が海はこちらと湯気引く山中
277 自分より小さい若い存在は全てかわいい半世紀母性
278 五年ぶり馴染みの店の雑貨見て欲さぬ事実に成長と未練
279 まず枝へ五指を広げて今日はチョキ誰かが遊ぶ片っぽ手袋
280 ライト照り数百の眼に射られてもこの瞬間は私のものだ
281 暗転の間で響く咳払いその緊張がもたらす喜び
282 大声をあげて遠くへ飛ばすほど気になる言葉のない部分かな

283 沈黙に込める情報その多さ言葉の不自由ゆうゆう超えて
284 「あ」という波紋が客席広がって戻ってきたのは別の「あ」だった
285 数千円安くない値に高揚す最低その分ちゃんと返すぞ
286 初上陸四国の夜に散歩して路地裏猫に住み心地訊く
287 知らぬ土地閉店間際に買ってみた肉屋のコロッケうまくはないけど
288 やだ充電！急ぎ差し込むUSBまだバッテリーは半分あるよ
289 ごめんごめん電池切れてたなにそんな怒んなくてもいいじゃないのよ
290 初めての街角で夕陽懐かしむこの成分はどこ由来かね
291 共白髪同じ寒風受けたとて寒がる場所は各々なのよ
292 友人の贈ったカード一枚がクリスマス感放った卓上
293 なるほどね犬雉猿が鬼退治ついてくうまさだ吉備団子
294 身代わりに丸い林檎が砕けます消せない痼りをこの身に宿して
295 言わないとかの国決めたこのセリフ日本で言おうかメリークリスマス
296 薄緑丸い住居に主人なくほつれた細糸風になびいて
297 湯に浸かる吐く息長く比例する外の寒さかお疲れ具合
298 年明けもこれでいけると一箱分クリスマス待たず消えた蜜柑よ
299 本物の門松触り匂い嗅ぐ都会の子供に眩しい晦日
300 焼き餅の見栄えのいいのはあなた用雑煮で示す「今年もよろしく」
301 金団の裏ごし部分を奪い合い栗の実呆れる骨肉の炬燵
302 トメハネのしっかりとした友の文字あの声になりポストに響く
303 胞子吹く丸い茸をミントグリーン運動靴が殲滅せしめ
304 おかしいぞ待ち合わせ時刻1時半4時に現れ怒れる姉よ
305 雪の道まったくもって不規則な足跡示す子らの興奮
306 あまりにも長きにわたり座して待ち臀部の割れ目なくなるほどに
307 夕暮れに居残る十二の丸い影ミッキーらしき雪だるま三つ
308 吐ききった想いは全て浄化した左の肺裏隠したの以外
309 割れた爪気にするふりで目を伏せてあなたの気配を滑らかに追う
310 嫉妬心妬み嫉みにジェラシーと同義語全てに別弾載せて
311 松ヤニのギシギシとした感触を共鳴せしめる割れた心臓
312 釣り上げた両目の奥が物語るあなたのために怒る人なし
313 報告を嘘でまぶしてしたり顔あなたの所業は皆ご存知よ
314 しつれいをいたしましたと吐き捨てて扉バタンと怒りバタン
315 ありがとう言われ慣れない挙動みて彼方の幸福少し願って
316 気に入りのピザだったのに味変わり心のナポリっ子憤慨す
317 久しぶり買い物すると身にしみるコンビニエンスさ痺れんばかり
318 誰からも学べる面はあるというイヤあいつからは学びたないワ
319 約束を口で溶かして忘れゆくあの子の部屋には綿ぼこぼこり
320 考古学人類学に心理学総力解読異性のメール
321 一欠けのおかきを拾い噛んだならさる三日前のしけたけんかで
322 好きだとは誰も言わない会話でも三つの矢印〝あのアヤちゃん〟へ
323 私って男友達多いじゃん女友達いないだけでは
324 無表情あらぬ方向アルタマス嗚呼ありがとうと言っていたのね
325 蛍光の色を目で吸うビタミン群炭酸水で割られ暴れて
326 そうですねまたきっといつか共演をあなたが法律零さなければ
327 春が来て一生懸命人のフリ人で無き者侵入社員
328 綻んだランプシェードをうまいことガムテで補強し悦に入る
329 謎めいた八年前のメモ帳のURLはただの菓子屋で
330 波線が興奮伝える走り書きググればそこは乾物屋さん

331 ねぇちょっとも少しなんかネタ無いの絡むは八年前の自分

332 ミムラの「み」邦子の「く」署名真似て書く南西方向葉月の空へ

333 なぜなんだこの作この人この内容一人悶える再生タイム

334 思いつき散らしたピンクで引き締まる肉うどんの味紅生薑

335 できるだけやればいいんだそれだけよこれ飲み込むのに三十二年

336 元気かね今年は仕事どうだった?税務署前の電卓先生

337 確かめ算確かめるほど散らかって集中力は残り3滴

338 一枚が黒ずんで見え日付伏せレシートの山へ過去を放って

339 ウーマンはネバータッチよカタナはね武家の精神英訳怪しく

340 桃色の足袋に異国を感じつつハニータン巻き愛想笑いし

341 暗がりに茶金の髪と巻き舌で時差ぼけコンビがカメラ構えて

342 冬蜜柑秋のリンゴに焼きたてパン支え九年ボツワナの籠

343 真昼間人っ子一人いない道の虫歯の奥でラッパが鳴った

344 遠雷の昔話に頷いてゆるみた桜の後ろの人影

345 三十路超え女七人集えども子供の数は三人半で

346 よく眠りほどほど食べてまた眠る指示書通りの病気エリート

347 味のないカレーライスは初めてで友人夫妻の諍い辛く

348 福寿草書けば尊い名前かなそれからあれね福神漬けも

349 山菜が私の休み待ち伏せて怒れば灰汁をマシマシだそうな

350 助っ人に入る女生徒頰赤く視線と照れと戦う純真

351 足出して明日を眺めて湯冷めしてまだ足りないからくしゃみをひとつ

352 吹き溜まり日常茶飯と花びらとリカちゃん片腕ハローともげて

353 薑の語源は端を噛むからと間違い薀蓄鰆が白け

354 ひとつだけ欠けた揃いの中鉢がボウル屑入れ大活躍す

355 ひんやりと冷えた手紙が冷蔵庫一通刺さる野菜室の謎

356 15年あなたの唇撫でさせて若さ磨り減るカエルグカップ

357 いかんの「い」「か」と「ん」はなんで選ばないもぐらの「も」を表明します

358 店員に絡む四十路の足首がぐねぐね粘って列は延びゆく

359 がま口がかつてのミムラ托し込み閉じた金具にノックも出来ず

360 収穫を終えたる土のほこほこと探れば新ジャガ一個、二個三個

361 混み合ったコーヒーショップで入れ違う知ってるような口と鼻と目

362 古畳替えようとして熟読する生年月日の除湿新聞

363 禁播児の効果を知りぬ時代劇上の島田がほほほゑ笑ふ

364 口蓋に化学香料広がりて春一番の桜フレーバー

365 彼のくる数分以内に毟り取る脇肘手首に募った毛玉

366 雑居ビルカウンター席7階の奥まで雨が世界を誘いに

367 こういちくんみつけたよ!の声全開でウォーリー暴かれ恋も顕在

368 もぎ取った葉付きライムと裸足の階段対極のはずの少年が見え

369 いいわけを重ねて頰が熱くなる嘘の成分揮発させたり

370 翻る心根じっと抑えつけスカートの襁密か蹴り上げ

371 アルコールさえも分解できなくて不貞腐れ明日に片足突っ込み

372 文庫本ホコリ臭さに大人感把握の錯覚放課後の角

373 うす甘く土の匂いも手に馴染みこなれた頁が案内人で

374 持て余す肉の塊いつまでも噛む祖母よりも生命孕み

375 土付きのネギの外皮荒っぽく剝く手の先に祖父が見ている

376 レース越しの陽だまりのなか伸びをして窓の向こうは繁殖期の歌

377 張りのあるむっちりとした太ももを褒め愛でるのに自分は出さず

378 不慣れさと遠慮と甘えたい気配日曜正午父子二人で

379 肩書きをいやらしさとして忌み嫌う権威主義者の撥水加工よ
380 バイカーの荷からするりとあらバナナ落としましたよああ行っちゃった
381 ニュース欄上下に並ぶ知人たち去る98現る0と
382 受付に保険証出し椅子沈みマスクの内で呼気を浴びたり
383 七草後一月がらんと寒さ増しとなると今夜は湯豆腐か
384 頽れて投げ出した手に血の気なくならば今夜はステーキ一択
385 違うのよこれも美味しい十分よでも気分は餃子餃子でしか無理
386 曇天の瞼の重みそのままにゆらりあの世のあなたの元へ
387 デパ地下で友の選り抜き菓子類をほっぽらかして姦し三昧
388 足早の群れを眺めて一間置き寒さに気づく暖房車内
389 楽しみと不安が混じりそわそわと蠢動の夜も34年目
390 生返事繰り返せども引続く運転手の瀰5日分かな
391 掌の試食の岩海苔舞い上がり春の旋毛が笑声散らして
392 鼻啜りブラシをかけて外套の南下の土産退出願う
393 繁華街一歩裏手の路地を行くクロコダイルのキャットウォークで
394 やってみせ言って聞かせてイヤ無理だ私五十六さんじゃないもの
395 消費したいつかの台詞ふと浮かび使われなかった人生という
396 朝焼けに菜の花和えて苺詰め旧友の待つ桜の上へ
397 コツを得たところで作業終了しべとべとの指宙を掻きたり
398 寝落ちつつ今日の笑声輪唱し異なる生活戻る友らよ
399 彼の国の文化食卓政治見てすうっと啜る御御御付け旨し
400 金色の丸いの一枚くださいな馴染みの龍がぺろりと寄越す
401 鼻筋を横断していく雨筋を眺むるアロワナ髭をふるって
402 若しさの脱色しきった紺色の相棒シャツを屠るか否か
403 しっかりと取り付け直しボタン触れちんけな我が身の良妻ぶりよ
404 亡霊のごとく背骨をしならせてボタン全てを切除したシャツ
405 春風に縋り付いてくスチロール静電気とはもう終わったのよ
406 古都の道迷子になったかすら知れぬ熟れた吐息に足を捕られて
407 5発ほど渋谷の夜にぶちまける古マンションのテッポウユリで
408 ファンシーな渋谷の空に突き刺さる5色の模造鉄炮百合が
409 空梅雨の渋谷の空におめでたく造花の百合のピンク色浮く
410 「間違った」そう気づくまでの中間部あののっぺりした鈍い心よ
411 亡き家の外壁重機が嚙み砕き色の細い子生唾飲んで
412 耐えきれず車体が少し浮きながら瓦礫の山に鈍いパンチで
413 こんなにも夜景が目映く美しい理由は貴方と喧嘩中につき
414 ご自分の見解披露はいいけれど医博二人を無視できるとは
415 こんな人病院来たらどうしましょう看護師役の癖で悩むぜ
416 夫より三歩後ろを行ったのは全体の粗つぶさに見るため
417 人類に不倫因子のDNAいや実質的違反だってば
418 世界一好みの香りあなたから生物的にも正しい感じ
419 掌清流受ける細れ石「あ、雨の匂いだ!」ってまんまやないか
420 「うそことばしゃべるのなんでたのしいの?」エセ関西弁?なんでやろか
421 一度目はうまく景色に流されて二度目の旅で感じる私情
422 真夜中に顔が火を吹き寒気もし風邪ではなくって　あ、顔が……!
423 花を見て珍獣を見て派手土産私の顔の爛れのが派手
424 皮膚科にて点滴3種にステロイドこれを肌荒れと言いたがる人
425 炎症で寒気が出ることはありますが重度の火傷とかだけですよ
426 むっくりと阿多福面に慄くもこの眼はなんだか性格良さげ

427　ホラー好き特殊メイクも興味ある　が、地顔がそれを超えてくるとは
428　「感染るものではないのでええご安心を」言えば言うほど感染りそう
429　絶対に取れないマスクでもごもごしこそこそ動いて気分はスケキヨ
430　この仕事辞めないといかんかもしれんつがい良ければまぁ大丈夫
431　非常時にこそ人の奥明らかにピンチに見えてよい機会かな
432　気の毒にそんな貴方と生きていく死ぬまで一緒の貴方自身よ
433　鴨川でパンに食いつき旧友と仕事や家庭をちぎっては投げ
434　おいしいね本当にこれおいしいようん語彙力なくすほどの旨さ‥
435　勤勉さ探究心と不変価値一粒豆が語る嚼嚼
436　早朝の出張先で恭し初めて食べるかの豆大福
437　そんなこと考えてるとやってくる鼻腔にそっと線香の匂い
438　捲るほど終わり近づくわかってる唸り身悶え面白い本
439　おもしろいっううでも眠いまだ読みた……半閉じ本の最高寝落ち
440　物語先読み力はある方であったはずだがアあア鈴木が！
441　深呼吸伸びをしながらにんまりと脳に浸った面白い本
442　２００年冬の朝方飛び散った歴代所有者と私の悲鳴
443　鉄壁を誇りし我が腑しょんぼりと胃液出ぬほど後悔しみて
444　取り返しつかぬことって久しぶり失いながらに何かを得たり
445　かといって気にしてないってわけじゃないほらやっぱりね胃の腑がもにゃり
446　案外と嫌いではない排気ガス寒さと漂うこの時期だけは
447　鉛筆とみかんの香り混ぜたようなおどうぐばこを持ってたような
448　太陽の匂いって結局なんなのか少し古くてほんのり清潔
449　またたびに悶える猫の有様を内に秘めたる靴屋の中で
450　健康な心と体両方を持っておけるの何年だろか
451　ぼんやりと饂飩の汁が滲みゆくのを見送りわざと拭き取らぬまま
452　ミンザイと言い慣れた口で飲み込んで大事な言葉は白けゆくまま
453　数年の時を過ごしてこの人の口から出ない美味げな話
454　あの人ねとってもいい人なんだから本当ですかあんな男が？
455　知り合いの壊れた体を聞きながら無事とも思えぬ心の方を
456　病院を出て小春日を浴びながらぐっぱぐっぱと手で為す自由
457　乾物の引き出し奥のカップ麺今はこんなの食べたいだろな
458　しょっぱくて油も多い簡易食それを消化す我が健康よ
459　食堂のもう片付いたテーブルの正方形を拭う巡礼
460　自販機のラインナップをしげしげと眺め終えれば点滴と往く
461　本当のことを聞くのは難しい診察台の患者であろうと
462　本当を言うのはさらに悩ましい診察室の医者であろうと
463　仕事好きだからさっぱりわからないそんなに嫌かい労働するの
464　昔からそんな感じだったのかいホラ旧石器のころとかさ
465　野生ならとっくに君は死んでいる怠け者とはとどのつまりが
466　誰しもが従事しているわけじゃない好きな仕事は控え目にも奇跡
467　恵まれていると度々感じてはまだまだ出来るさあさあ行くぞ
468　視聴者は賢いんだよだから君、油断はするな媚びも無用だ
469　油断とは思い上がった先のことまずはそこまで登らにゃならん
470　階段を斜めに上がる練習を今ここだけのこのためだけに
471　若い衆寒さに丸む背の中ですっくと伸びる背喜寿なぞ超えて
472　極月の曇天の中感謝状嬉し恥かし心底寂し
473　沼地から半壊の自分引きずって寒さで痛む現実の朝
474　知ったふりしながら上に立ってもさ足元まるで朧豆腐よ

475 欲かいて偽の笑顔で広げてもそんな人脈スフレケーキよ
476 〝死〟とは、「苦労のない穴にさようなら」ゴリラが手話で云うことには
477 カンファタブル・ホール・バーイそんな感じに去れたらいいね
478 幾分か早死にをして長生きのあなたと時期を合わせたいもの
479 体調が悪い日説教臭いのはいつも我慢してくれてる証拠
480 6年目いまだに奪い合うように家事を先取るお互い様で
481 色々と違ったことも思ったが働き者こそ大事だ、大事
482 鱈子スパ牡蠣クリームスパ15分同時に上げたぞしかも鍋一つ!
483 ふっくらと真綿温もる臨月も役の偽物妊婦ですけど
484 こんなにも見当たらないとは驚きの経験聞かせて経産婦さま
485 真似ごとも半日通しやり抜けば腰の痛みは本物寄りに
486 真似ごとの宿命ありて翌日の筋肉疲労で近似値量る
487 真冬には妊婦の役を演りましょうむくむく何枚着てもOK
488 今年ってなにがあったかぼんやりとするくらいにはのどかな師走
489 午後のお茶親の健康話題だが十年後には己が語るか
490 紅白の海老がツリーによじ登り今年最初のメリークリスマス
491 岩場からコミック調に目玉出し蝦蛄は巻貝投げつけ寄越した
492 入り口の人寄せ疲れ傾斜してアブラボウズの名前が浮いて
493 冷凍のシーラカンスは世界初!　興奮隠して群がる展示
494 真ん中にあんなに場所を取っといて硬度はなんとチクワですって
495 ごわごわと主響かせる亜熱帯お目文字叶わず次の展示へ
496 幼な子も素通りしてくシーラ爺握手し満面笑む夫である
497 大海の記憶に鰓が半開き古代生物チョコを土産に
498 なんてこと無難な土産代表のポストカードよ全滅したのか
499 迫力のクワズイモと紅葉しょい合成チックなエミューの秋山
500 むっこれは八年ぶりに貰ったぞ河童が投げた大吉ひとつ
501 嗚呼これは!小4以来念願の!巨大ニシキとハイ、ポーズ
502 写真手に莫大な笑み溢れ出て小4私が拍手喝采
503 モウヒトツ5才の私が耳打ちす欲しかったモノ原色ままに
504 そういえば心にずっと残ってたひみつのアッコちゃんリングコンパクト
505 当時でも入手困難その事情拾い集めて二万円とな!?
506 五万円出せば即刻手にはいるリングコンパクトリングコンパクト
507 さっちゃんとゆきえちゃんのが本物で私のよく似た似非コンパクト
508 おっとっとコンパクトはさておいて年内燃えるゴミ最終日
509 お客様年始にくるのでその支度もう忘れたわコンパクトは……
510 貼るカイロ温かいお茶軽食と業者歓待冬のピクニック
511 給湯器壊れてしまった冬の夜知恵絞りつつにわかポカポカ
512 トラブルは無いに越したことはないでも少しなら腕試しの巻
513 あれほどの出来事でさえ緩解し私の古傷お前は寄るな
514 ちゃんと聞くたったそれだけ守れずに今日も人類に物語湧く
515 ワンシーズン空いて訪ねる広場にて麝香の香りも四倍上がり
516 そうだよね、その尻尾なら立てるよねそのままいたら可愛いよそれ
517 妖怪か猿か小熊かイタチなの?霊猫とはよく言ったもの
518 多分そう、モヤモヤヒゲとポン耳毛あなたの正体不明にしてる
519 お名前がわかったところで怪しいのなんだか変よビントロングは
520 バードショウ立候補者の腕に鷹!挙手も小学生妥当、ふぅ
521 皺々の足で必死にバイバイをしながら去ってく鸚鵡のオウちゃん
522 ねぇちょっといくらなんでもコビトカバ文鎮みたいにツルツルの

523 換毛を終えたオオカミ足長く似合いの季節の冬へ飛び込み
524 背後から柔らかな風吹き付けてスレスレを飛ぶ訓練鳥で
525 膨らんだ顔に丸い目光らせて昨日到着緊張鳥よ
526 丸くって像が祖先で癲癇の薬も尿から名前忘れた
527 動かないはずのあなたがコカカカと喉を鳴らしてウィンクまでも
528 なんとなしふっと感じることがある安心感をご褒美として
529 坂下りて広がる蓮田を目の前に尊敬していた彼の人の背を
530 暮れ落ちる冬至四時半正門をひとり真面目に閉めてみたのだ
531 網目越しボツワナの空に楊枝挿し降りしきるなり黄金の砂塵
532 幾何学な異国の模様にみっちりと織り目狭間に粉粉粉
533 おはようの代わりに少し尾を絡め君と私は会わない明日
534 問いかけることもないので終わります自己完結にも向いた湿度で
535 塩だれに負けて緋ばむ頬越しに疾走しきる自己の信頼
536 虫潰し蛇をつついて鳥払うこんな成りして哺乳類とは
537 三分の一世紀だけ飛び越えろ現れなかった兄の言うには
538 ぶつけたい痛ましくって不穏なの喰むビスケットにサクッとおちる
539 オメデトウ意識するほど吸収し排出はせぬ喪中元日
540 亡くなりてここまで笑う存在感我が王さまは今日もご機嫌
541 知らぬ間に肖像権に踏み込まれ同窓会に自主的出禁
542 扱いが級友でなく著名人ありがたいやら遠のきたい今
543 成人の日を一人往く北ドイツモインモインと馴れ馴れしげに
544 会いたいなそんな十人浮かべども会うの不安な一人で霧散
545 知っているあなたは私を知っているけれど知らないそんなものでしょ
546 三日分溜まり溜まった自己憐憫そんなの誰も食べやしないよ
547 咲きかけたミモザの枝に招かれて暫し独占桜の懐
548 自分との約束守り嬉しさにこの時だけの爽やかさ吹き
549 やり抜けた明るさ一個噛み締めた約束した身を拍手で包む
550 ひとつめにふたつめ積まず終幕し関係性も垢付く間もなく
551 毎週はちょっと多いな年二回それだけ会えば十分なヒト
552 春雨に体のどこも痛みなく9羽の鳥が置き去りにして
553 日陰には冬の残りがカラカラと日向にじんわり春が伸びして
554 中堅に差し掛かる人辞めた人ご覧になって寂しい人よ
555 ひと冬の戦場ともに駆け抜けし洗いざらしのレッグウォーマー
556 出会えない王子と姫に気を揉んで18ページ曲げて合わせる
557 四季分を黙して濃度高めるも碌でもない自己同%
558 倒された自転車ひょいと抱き起こし商店街に花と消えゆく
559 行こうかね今日はこっちかわかったよ老犬導き冒険続く
560 ボトルビス釘ネジ刃物何なりと鍵の○○金物店
561 どれほどの丸い言葉に溢れても裏返っては戻せないもの
562 気が合わぬ親の流れを引き継いで実はよく似たあのおばさんと
563 一瞬の優位や快感守るためいつかの宝を砕き蹴る人
564 その一手自分を守るそのはずが10年後に伸びキドニーパンチ
565 朝ぼらけこちらの視力も危ういし怪僧正座す三角の隅
566 麗しき風情と溢るるミステリー腕力なんて消し飛ぶ御仁
567 二つ先水槽内を睨め回し病の魚にウィンク贈る
568 軽快に目玉を洗う智慧者がプロペラ広げ次の餌を待つ
569 早業の掃除作法に正対し首をふるふる研究者さま
570 そっくりのメカで直ぐにも向かいたい人命救助のモンハナシャコよ

571 数時間ネットの海を泳ぎきり円盤秘めたる情報を舐め
572 少しだけ悪いことでもやりそうな手段選ばぬプロフェッサー風
573 託された剥き身の貝を検分し君達の期待汲んで一口
574 よくお聞きこれは不要だ不可逆の決定事項を持ち去ってくれ
575 わからない?これでどうだとしてみせたダンクシュートに番沸く夜
576 よくご覧ここのあたりがマンチスでとシュリンプ要素はここの感じさ
577 理不尽や破綻を含む拍子抜け狙っても出ぬ他所の芝生よ
578 親切なおばさん一人折りたたみ送ってあげたい病室二年目
579 歌い出し五百を超えて露見した骨格眉を潜めても続く
580 ごシチごシチシチ崩すそのはずがごろんと魚肉ソーセージだけ
581 練り物は毛ほども悪く思わんが私の歌の悪癖部分で
582 蛍光のピンクのバッグを弾ませて善意の塊2秒で来たね
583 早逝の人の綴った「さよなら」を持て余し私たぶん長生き
584 私にはちっとも欲しくないけどもあんたの大事はとっときなさい
585 よじ登り戦利品たる枇杷の実を子供時代の夫と分けて
586 背伸びせず食う寝るところに住むところそんな暮らしを栞のように
587 それらしさ追いかけていき迷い込む私は誰でどんな人間
588 物騒な言葉をひとつ仕込みたいそれを躊躇う70年後で
589 どうぶつや少年少女に流行り物ドラマキラーは短歌に効くか
590 お医者様今日は調子がいいんです患者の信頼身内の妬み
591 困ってるあなたを助けられないと気づいた夜にどうすればいい
592 大好きな二人が結婚すると知りそれでも苦いあの子がいるし
593 正座とは洋風社会で何たるかひとまず板間は勘弁されたし
594 老い嫌い嘆く彼女を慰める老いと戦う気のない女
595 はじめては未完のうちが甘いから17年とはロマンチックだ
596 自己サイズ知れた頃にはわかるもの貴方を支える素晴らしい物
597 透けるほど白いツツジが晴れ晴れと黄金週間留守を健気に
598 何千と歌を読んでも誰一人目線が合わない先人並ぶ背
599 生きてきてこの先も多分それなりに健康な我に読めぬ言葉よ
600 半世紀生きても落ちるこのような強き誘惑夢の蝦蛄道
601 飽きがきて「古い」と棄てたあのときの玩具をまた拾い撫でて褒賞
602 アルベルトさん時計技師へ嘆息す知られた名ではアインシュタイン
603 肉厚な乳白色が旨そうなバターソテーで白モクレンを
604 もしやして歴史の狭間の悪者は気の毒な中間管理職
605 筋書きに大きな粗が見つかった仕方ないから来世再演
606 私ではない何者かに憧れて共闘するうち自分も親友
607 自慢してうんと威張ってみてください確定申告自分でやってる
608 切実な想いを反する商魂が残らず啜る民間療法
609 雨が好き雨好き婆婆になる所存でも亡くなる日は曇りがいいね
610 さっきまで隣に居た彼の存在の生暖かく折れた芝生よ
611 タンタンの抜け毛に宿る情熱を少し確かめあとはかくしへ
612 忘れ物ありませんかと訊かれたしわざと一つは置いていこうか
613 もの悲しサーカスの空気塗り潰し華や微笑め頭は要らん
614 さっぱりと誰とも会わぬ五月晴れカップ焼きそばにこってりダイブ
615 終えたはずだがなんとなし探してる「こんな長さの」「入れ物などを」
616 そこの角から銃を構えた誰かが飛び出す〇年後もあるそうで
617 賽の目切りにされたコアラの鼻を想像しては頭を振るって
618 地下室や屋根裏霧の向こう側消える気構え25年目

619 泊まる家主選びは慎重にムーミン谷ならトゥーリッキさんで
620 ニョロニョロは日本語翻訳オリジナルあんなにニョロニョロだというのに
621 スティンキーご先祖さまにジャコウねずみもじゃっとしてる日陰者好き
622 冬眠に参加したいがいけるかな寝る前食すの松葉ばかりじゃ
623 三十路越えシンパシーを得た女性性まさかのフィリフヨンカ贔屓に
624 高密度深夜の若葉駄々漏れの爽やかさもはや器物破得
625 いい思い余分にしてきた甘ったれカラメリゼした苦味を喰らえ
626 決意したもうあんなこと金輪際シーツと枕の挟間に調印
627 姉に似た顔の人が苦手ですねフライにすればまぁ食べれますが
628 薄皮にひらり一枚区切られた右が日常左はホラー
629 何もなく脅かされたいわけじゃなく自分でちらっと覗きたいのよ
630 人工も最近は出来がいいけれど本場は活き良く厄介家族
631 物言わずいつでもここで待っている人生の友は遠く頼もし
632 拐かし未遂で終えたおじさんがまたパンを千切る諦めもせず
633 売り物を履き違えたる両者ゆえ同じ言葉もネガポジ逆転
634 技術職そう思いたい15年素敵な新品今年も豊作
635 誰も彼も十分なスペア悪くないそうして順繰り入れ替わりゆく
636 自らを栄養素とし考えてまだ役立てるか暇や心に
637 駄菓子系役者と名乗り末席に座っといても楽しいかもね
638 駅弁といえば尻尾を挟まれてドアの付近でしゃがみ喰むもの
639 あの二匹でかい雉虎横の黒呼んでみようかルドルフって
640 五種類の唐揚げ弁当食べ尽くし真っ白な籠手鷲掴み午睡
641 あとちょっと例の神秘が明かされる！　夢オチだとて我は構わん
642 真剣な西日の熱で温もったボケた頭で世界平和を

643 練習魔師匠の後ろ忍び寄る凶器は問答・疲れぬ心
644 必要と言われた3倍やってみるそこから何でも楽しいばかりよ
645 １００終えたその先の10が好物で義務超え気分はお気楽ランラ
646 精神の筋力見えたらいいのにね思わぬ人がむきむきなんだよ
647 振り返りホッと一息ついてすぐまた後ろが呼ぶ　先生あのね
648 自主練を捏ねに捏ねて捏ね回し一晩寝かせば安心玉に！
649 大丈夫、大丈夫です、本当に、本当ですか？　消えないですか？
650 学生の頃は仄かに避けていた自主練習を今日も好んで
651 真剣なストレッチング学びつつ部活の余韻右腿語る
652 言葉にも所作や心に眼差しも実は入り用ですよ筋力
653 酷暑でも火炎沸騰立ち向かい末永き愛2分で茹だる
654 十年もお世話になったうどん屋の読み方違って星降る頭
655 捺した塩　瑞花の海図　ルミ子見る　浮く回文をオンブ烏賊喰う
656 飛び飛びと子猫・猫・猫飛び飛びと　綿縞猫も捏ねましたわ
657 孫海苔巻き決まりの胡麻　そして紫蘇　食い逃げ犯はげに行く　夜よ
658 羊蹄（ぎしぎし）食べた鹿菓子食べた市議思議　祈り法の意　偽物も背に
659 アリババ示しババリア「雌盗め　ダンスの済んだ　黒子猫6」
660 馬刺し鯖　旨い父舞う　〆の飯　素で下戸の〆は飯の焦げです
661 奇数もう好き　さー短歌はカンターさ　回文短歌簡単Vか
662 感情のアイドリングを続けると時折満ちるむム無の砂漠
663 同一化するだけならば誰にでも客観と共に共感も在れ
664 本当はここで涙を落としたいでもあと五行先との指示で
665 捕まえた感情の手綱握りしめ宥めすかして本番出走
666 演ってたら妙に腹が立ってきていかんリテイク？「おもしろオッケー！」

667　またどうぞよろしくおねがいします、と社交辞令も滑らかな歳
668　言わぬこと美徳とされるが本当か相手に悪意があれば全滅
669　聞こえよし「消極的解決」とは一人に我慢押し付けること
670　この人が無名で社会に出たとて脅威ではない膨らみ狐
671　そんなにも怖がらなくて大丈夫狐の毛羽立ち撫でてあげちゃう
672　気前よく笑顔振りまき相槌すホントは古傷倦んでおります
673　成果なく褒められもせず終えたとて自分だけ知る小勝利あり
674　柔らかなフリをしてても給料をくれる場所へと鎖が這って
675　頭下げ舌を出しても常笑顔営業職の戦士に敬礼
676　往かぬ道生けぬ道ともいうだろう踏み込み見たい桃色の死が
677　焦がれても多くの人は既で助かる狂うことは一つの才能
678　こっそりとあなたにだけは云っておくモンハナシャコの脚は虫っぽい
679　進路から話が逸れて大ドンデン入道雲を背負った正午
680　スカートの裾を握ってペパーミン子俯くたびにきゅっと鳴いてる
681　足重い悪路の帰路で灰色の雪が気さくに肩乗り「おつかれ」
682　熱こもる強張った頬一掻きで小さき私の遺体が落ちて
683　親切な内容目指し語を配置仕舞いに耐えれず薮睨みオチ
684　むっちりとヒトも花も膨らんだまんじゅうのような蒸したての朝
685　葉が呻きおいでおいでと蝉叫ぶ行ってはならない三角の影
686　貧相な我と相手のきらびやか誉めそやしても自己愛固持す
687　お見舞いに何が欲しいと訊かれたら5丁目のあの螺旋階段
688　大小に変幻しても同じことマトリョーシカのあなただけ在る
689　なんなんだあんな男は初めてだ滑滑饅頭蟹のような
690　優しさがインフレ起こし損をするジャイアンの奴得してズルイ
691　すっぴんで休み貪る大の字で貝殻柄の変なズボンで
692　板チョコと干しイチジクのおやつにて16匹の竜を救って
693　高い鷹ボロの野のロボ硬い肩　買うと万円閻魔投下
694　謎妻獅子の死始末ぞな　追加いつ　よし出たな鉈でしょ　即苦楚
695　新しき物を得たとき何か散る人生せっせと新陳代謝す
696　〝生〟〝死〟とは？　それについては海底のロブスター君に任せ生きよう
697　さあさあ出発するよーお別れは寂しいけれど出発は嬉々
698　気兼ねなくアクセスできる超次元歌人はタイムトラベル素足で
699　あの辻や向こうの角やこの後ろ幾億人もの先人追って
700　一人きりポツリと詠うそのはずがいつかの誰かと世界を合唱